The Crescent Moon | The Gardener

新月集·园丁集

〔印〕泰戈尔 著
张媛 译
张媛 蕾雅·阿娜苏 评点

中央编译出版社
Central Compilation & Translation Press

图书在版编目(CIP)数据

新月集·园丁集：插画本 / (印)泰戈尔(Tagore,R.)著；张媛译. ——北京：中央编译出版社，2013.8
ISBN 978-7-5117-1727-6

Ⅰ. ①新…
Ⅱ. ①泰… ②张…
Ⅲ. ①诗集-印度-现代
Ⅳ. ① I351.25

中国版本图书馆 CIP 数据核字 (2013) 第 176918 号

新月集·园丁集（插画本）

出 版 人	刘明清
出版统筹	董 巍
选题策划	韩慧强
责任编辑	郑菲菲
插　　图	于 珊　石 玉
责任印制	尹 珺
出版发行	中央编译出版社
地　　址	北京西城区车公庄大街乙5号鸿儒大厦B座（100044）
电　　话	(010) 52612345（总编室）　(010) 52612363（编辑室） (010) 66130345（发行部）　(010) 52612332（网络销售部） (010) 66161011（团购部）　(010) 66509618（读者服务部）
网　　址	www.cctpbook.com
经　　销	全国新华书店
印　　刷	北京佳信达欣艺术印刷有限公司
开　　本	880毫米×1230毫米　1/32
字　　数	154千字
印　　张	8.5　彩插40
版　　次	2013年8月第1版第1次印刷
定　　价	48.00元

本社常年法律顾问：北京市吴栾赵阎律师事务所律师　闫军　梁勤
凡有印装质量问题，本社负责调换。电话：010-66509618

译本序

Sugata Bose

"Each country of Asia will solve its own historical problems according to its strength, nature and need," Rabindranath Tagore said during a visit to Iran in 1932, "but the lamp that they will each carry on their path to progress will converge to illuminate the common ray of knowledge...it is only when the light of the spirit glows that the bond of humanity becomes true." He was one of the most creative exponents of an Asia-sense and conducted intellectual, cultural and political conversations across Asia in the early twentieth century. On his trip to China in 1924 Tagore preached the virtues of close interaction among Asian cultures. Stung by the passage of the Immigration Act of 1924 (commonly referred to as the Orientals Exclusion Act) in the United States, some of Tagore's admirers even established an Asiatic Association in Shanghai to foster solidarity among all Asians. At Visva-Bharati, the university he set up in Santiniketan, Tagore established the Cheena Bhavan (China House) for the systematic study of Chinese literature, art and culture. China has reciprocated by making Tagore the most translated foreign writer into Chinese after Shakespeare.

In my book *A Hundred Horizons* I had claimed that Tagore was an eloquent proponent of a universalist aspiration, albeit a universalism with a difference.[1] He was a key player in broad arenas of cosmopolitan thought zones of the early twentieth century and wished to contribute to the shaping of a global future. His cosmopolitanism flowed not from abstract reason, but from the fertile ground of local knowledge and learning in his own language. Tagore was a powerful critic of worshipping the Nation as God and was horrified by the crimes committed by modern nation-states. Yet he loved the land that had nurtured him and never abandoned a basic anti-colonial stance. He simply did not want Indian patriots to imitate European nationalists.

Tagore was an immensely versatile creative genius—a poet, novelist, short-story writer, playwright, composer of songs and dance dramas, essayist and painter. Tagore, the poet, came to the attention

---

1 Sugata Bose, *A Hundred Horizons: the Indian Ocean in the Age of Global Empire* (Cambridge, MA: Harvard University Press, 2006).

of the Western world once he embarked on a voyage to Europe and America in 1912 with a manuscript of *Gitanjali (Song Offerings)* that won him the Nobel Prize for Literature in 1913. Tagore's devotional verse at that time struck a chord with a section of Europe's literati, including William Butler Yeats, disenchanted with the crass materialist excesses of Britain's Edwardian age and seized by a sense of impending apocalypse in the immediate pre-World War I era. A fifteen-year old Subhas Chandra Bose wrote about Tagore to his elder brother Sarat on September 17, 1912, lamenting "how indifferent Bengal has been in showering laurels upon him and has suffered his genius, super-human though it is, to lie in the shade of neglect, whereas a foreign people, speaking an alien tongue and cherishing ideas and sentiments, diametrically opposed to ours in some cases, have lifted him up from this shade to sunshine and have extolled him as the greatest poet the world has produced". Tagore had composed most of his *Gitanjali* poems during a period of deep despondency brought on by an unrelenting series of deaths of loved ones in his private life and the disillusionment bred by the decline of Bengal's Swadeshi movement in the public domain. The rare, austere beauty of about half of the *Gitanjali* collection established Tagore's fame as a "mystic" in engrossed conversation with the Supreme Being and laid the basis for a blinkered one-dimensional view of his genius.

Yet there were two other books of English translations of

Tagore's poetry that appeared in the same year, 1913, as *Gitanjali*. These were *The Crescent Moon* and *The Gardener*. Zhang Yuan has placed us in her debt by making fresh translations into Chinese of the poems in these two books. In a famous poem "Duhsamoy" ("A Dark Age") Tagore had rendered the crescent moon in the delicate Bengali phrase "ksheen shashanka banka". The poetry book titled *The Crescent Moon* mostly contained translations of Tagore's compositions published in the Bengali book *Shishu (The Child)*. Few poets have been able to capture a child's imagination and the child-mother relationship as Tagore did. It is apt that Zhang Yuan has read these poems with her son while translating them into Chinese. It should be mentioned that William Rothenstein noted "the poems were more or less rewritten by Sturge Moore, not always to the advantage of Tagore's own translations, even though the English be more correct".[1] The poems in *The Gardener* are some of the best on the ambiguous borderline between divine love and human love. Zhang Yuan's annotations should enable Chinese readers to place Tagore's sensibilities in a comparative context.

I hope there will be more new translations of Tagore's poems into Chinese. The later poetry of Tagore bring to light the passionate

---

[1] Tagore, Rabindranath, 1861-1941, Papers, ca. 1910-1918 and undated. MS Eng 1159 (5). Houghton Library, Harvard University.

Tagore, a poet who celebrated the wonders of this earth instead of just pondering the mysteries of the other world and whose irrepressible love of life was tinged with an acute awareness of its inexorable limits and tragedies. The figure of woman is central to this genre of Rabindranath's poetry and appears in diverse manifestations, especially in the pages of *Purabi* (1925) and *Mahua* (1929). She was by no means absent in Rabindranath's early poetry, but rather reappears adorned in new guises, forms and styles in the evening of his life.

Tagore had always wanted to travel across national borders. I trust Zhang Yuan's translations of *The Crescent Moon* and *The Gardener* into Chinese will enable a new appreciation of Tagore's poetry in a country for which the poet had great admiration.

苏伽塔·鲍斯[1]

罗宾德拉纳特·泰戈尔在1932年访问伊朗的时候曾说"亚洲的每个国家都会根据自己的力量、国情和需求解决自己的历史难题,但是他们各自用以照亮前进之路的明灯却必将汇聚成照亮知识的共同光束……只有精神之光闪亮之时，人类的联合方始为真。"他是最具创造性的"亚洲意识"的倡导者之一，并在20世纪初进行了跨亚洲地区的知识、文化和政治对话。泰戈尔1924年访问中国时，曾呼吁亚洲各国文化之间的密切交流。受美国1924年通过的移民法案的刺激（即通常所称"排斥东方人法案"），一些泰戈尔的崇拜者甚至在上海成立了一个亚洲文化协会，以增进全亚洲人民的团结。泰戈尔在圣蒂尼克坦开创的国际大学也设立了中国学院，系统地研究中国文学、艺术和文化。作为回报，泰戈尔在中国是仅次于莎士比亚的被翻译作品最多的外国作家。

在拙作《一百个地平线》中，我认为泰戈尔是普世价值的雄辩的支持者，尽管他支持的是一种与众不同的普世主义。他在20世纪初的全球思想界这个大竞技场上是举足轻重的人物，他也希望能为铸造全球化的未来作出贡献。他的世界大同主义并不是出自抽象的理性思考，而是来自于当地文化的沃土和对母语的渊博知识。泰戈尔是国家至上论的严厉批评者，他常惊骇于现代民族国家所犯下的种种罪行。但是他热爱哺育了他的土地，从未放弃反殖民主义的基本立场。他只是不希望印度的爱国者模仿欧洲的国家主义者。

泰戈尔是一位极具创造性的多才多艺的天才——诗人、小说家、短篇小说家、剧作家、作曲家、舞蹈剧作家、散文家和画家。诗人泰戈尔在1912年乘船出游欧洲和美国的时候引起了西方世界的注意。他当时携带的诗稿《吉檀迦利》（献诗）为他赢得了1913年的诺贝尔文学奖。泰戈尔信念坚定的诗句正好与当时欧洲的知识界产生了共鸣，包括威廉·巴特勒·叶芝等人，他们对英国爱德华七世时代粗俗不堪的物质主义泛滥感到绝望，随着一次世界大战的迫近，他们更为一种世界末日即将降临的感觉所攫获。当时年仅15岁的苏巴斯·钱德拉·鲍斯在1912年9月17日写给他的兄长萨拉特的信中，哀叹"孟加拉对泰戈尔如此冷漠，不愿把诗人的桂冠加冕予他，罔顾他过人的天赋，忍视他的天才被冷落一旁，相反，倒是说着别种语言的异邦人，虽然在某种情况下，他们珍视的思想与情感与我们完全相反，但正是他们把泰戈尔从国人冷落的阴影中高举到阳光之下，称颂他是这个世界所产生的最伟大的诗人。"《吉檀迦利》中的大部分诗篇都创作于泰戈尔生命中深深的低谷时期，一方面是私人生活中挚爱的亲人相继离世，另一方面在公共生活中，孟加拉的抵制英货运动陷入低潮使他倍感幻灭。《吉檀迦利》中差不多一半的诗篇是诗人与至上之神全神贯注之对话，其罕见的质朴之美为泰戈尔赢得了"神秘主义者"的声名，但同时也使读者对他的天才的认识局限在此单一、狭小的范围之中。

但在1913年，与《吉檀迦利》同一年出版的还有泰戈尔的另外两本英文诗集，那就是《新月集》和《园丁集》。张媛的工作使我们能读到这两本诗集的最新中文译本。在著名的诗篇 *Duhsamoy*（《黑暗时代》）中，泰戈尔把新月一词纳入了一个微妙而雅致的孟加拉词组之中，"ksheen shashanka banka"。《新月集》中所收录的诗篇大部分来自于泰戈尔用孟加拉语发表的诗集 *Shishu*（《孩子》）。很少有诗人能像泰戈尔那样抓住孩子的想象，理解孩子和母亲之间的关系。张媛在翻译过程中和她的孩子一起阅读这些诗篇是很恰当的。应当指出的是，威廉·罗森斯坦曾说："这些诗篇多多少少都被斯特奇·摩尔改写过,虽然其英文更加正确,但并不总是比泰戈尔自己的译本更好。"《园丁集》中的诗篇可说是在神圣之爱与人类爱情模糊不清的边界线上最美的诗篇,而张媛的点评也将有助于中国读者在比较的背景之下理解泰戈尔的情感。

我希望会有更多的泰戈尔的诗被译为中文。泰戈尔后期创作的诗篇更暴露出一个热情的泰戈尔,一个歌颂此世的奇妙的诗人,而不仅仅是耽溺于沉思来世的神秘;他对生活不可抑制的爱更因其对人世中不可避免的限制和悲剧敏锐的认识而着上一层微妙的色彩。在泰戈尔此种风格的诗篇中,女性的角色占据了中心地位,并以各种表现形式出现,尤其是在诗集 *Purabi*(1925)和 *Mahua*(1929)中。当然,她在泰戈尔的早期诗篇中也并未缺席,只是以新的外观、形式和风格再次出现在诗人的晚年生活中。

泰戈尔总是乐于跨越国界的。我相信张媛的《新月集》和《园丁集》的中文译本将在中国带来对泰戈尔诗篇的新的激赏,而诗人对这个国度也怀有深深的敬意。

---

1 苏伽塔·鲍斯(1956-),出生于印度加尔各答,英国剑桥大学博士。1997年获古根海姆学者奖,2001年起在哈佛大学任加德纳教授;2003至2010年,任哈佛大学历史系研究院主任。文中所提到的苏巴斯·钱德拉·鲍斯是印度独立运动的领袖,也是苏伽塔·鲍斯祖父的弟弟。

目 录

译本序

新月集

索　引　002

01. 家　005

02. 在海滨　007

03. 源　009

04. 宝宝的道理　011

05. 秘密的加冕仪式　014

06. 偷睡眠者　016

07. 源　头　019

08. 宝宝的世界　021

09. 何时，何故　023

10. 苛　责　025

11. 法　官　027

12. 玩　具　028

13. 天文学家　030

14. 云与波　032

15. 占婆花　034

16. 仙　境　036

17. 放逐之地　038

18. 雨　天　041

19. 纸　船　043

20. 水　手　045

21. 彼　岸　047

22. 花的学校　049

23. 商　人　051

24. 同　情　053

25. 职　业　055

26. 优越感　057

27. 小大人　059

28. 十二点　062

29. 作者权威　064

30. 坏邮差　066

31. 英　雄　068

32. 死　亡　071

33. 召　唤　073

34. 初开的茉莉　075

35. 榕　树　077

36. 祝　福　079

37. 礼　物　081

38. 我的歌　083

39. 孩子－天使　085

40. 最后的交易　087

园丁集　089

新月集

罗宾德拉纳特·泰戈尔

献给 T. 斯特吉·莫尔

索　引

呵，这些茉莉

哎，我的孩子，是谁给你小小的衣衫涂上了颜色？

祝福这纯洁的心

孩子，你坐在泥地上，欢欢喜喜地把一段树枝玩了一个早上。

谁来雇我呀！

日复一日，我把我的纸船一只只地放在小溪中，看它们顺流而下

我个头儿小，因为我还是个小孩子。

只要宝宝愿意，他可以现在就飞升天国

如果我不是你的宝宝，只是一只可怜的小狗

如果人们知道了我的国王的宫殿在哪里

我渴望去到河的彼岸

想象一下,妈妈

我只不过说:"嗯,要是晚上"

我独自漫步在田野的小径

是我离开的时候了,妈妈,我要走了

孩子,我要给你一件礼物

我愿我能在我宝宝自己的世界中心,占据一个安静的角落

妈妈,我真的要去玩啦,这些书我都看了一上午啦

妈妈,想象一下我们正在旅行

妈妈,住在云端的精灵们喊我呢——

妈妈,天空灰蒙蒙的

妈妈,你的小宝宝真傻!

孩子们在无边的世界的海滨聚会

噢,你这池塘边傻站着的蓬头榕树

你爱怎么说就怎么说吧

乌云在黑沉沉的森林边缘迅速集结

要是我变作一朵占婆花

船夫马德虎的大船停泊在拉古尼码头

她走的那晚天很黑

那轻快地掠过婴儿双眼的恬谧的睡眠

他们喧哗争斗

我的孩子,我的歌将萦绕在你的身边

当我带给你那些色彩缤纷的玩具,我的孩子

当雨云轰鸣着集结在天空

早晨的钟声敲响十点整的时候

　"我从哪里来?"

谁从宝宝的眼中偷走了睡眠

为什么泪珠在你眼中滚来滚去?我的孩子?

告诉我,亲爱的妈妈,你干吗静静地坐在地上,默不作声?

你说爸爸写了好多书

1

家

落日敛起余晖就像守财奴收藏黄金,我独自漫步在田野的小径。

白昼沉入暗夜,越陷越深,收割后的土地是新寡的妇人,一片沉寂。

蓦地,一个男孩高亢的歌喉直入云端,他在暗夜穿行,歌声的辙痕刺透了黑夜的寂静。

穿过漫漫的甘蔗地,在荒野的尽头是他村舍的家:藏在香蕉树影之间,躲在修长的槟榔树下,掩映着椰子树和深绿的菠萝蜜。

星光之下,我驻足静听。我的路虽然孤凄,但在我的眼前,苍茫的大地伸展出她的臂膀,拥揽着无数的家庭,那里陈设着小小的摇篮、温暖的床铺;充溢着母亲的温情;点亮了盏盏夜灯;在那里年轻的生命恣意挥洒着欢愉,却浑然不知这欢愉对这世界多么珍贵。

评　点

　　诗人在创作这一组诗歌的时候,还深深地沉浸在相继失去妻子、女儿和儿子的悲伤之中。深沉的黑夜像生命中无法预知的哀伤,它威力巨大、漫漫无涯,但是诗人对生命的信念亦如苍茫的大地,她默默地承载、生生不息。悲悯之心就像一朵黑色的火焰,它从诗人的心中一直传递到无数不知名的读者心田,人世的悲哀谁懂得用人情来慰藉,他便像神明一般。

2

在海滨

孩子们在无边的世界的海滨聚会。

头上是一望无垠、一动不动的蓝天,脚边是咆哮不已、一刻不停的大海。孩子们在无边的世界的海滨聚会,他们尖叫,他们跳舞。

他们用沙筑屋,玩耍着空空的贝壳,他们用枯叶编织小船,欢笑着起航在深深的水洼。孩子们在无边的世界的海滨嬉戏。

他们不会游泳,他们不会撒网。采珠人跳入深海寻珠,商人远航牟利,而孩子们只是把鹅卵石捡起来再扔出去。他们不去寻找宝藏,他们不会撒网。

大海涌起阵阵笑声,沙滩闪烁着银色的微笑。致命的浪涛对孩子们哼唱着无意义的歌谣,就像母亲轻轻摇晃婴儿的摇篮。大海和孩子们游戏,沙滩闪烁着银色的微笑。

孩子们在无边的世界的海滨聚会。暴风雨在没有路径的天空徘徊,船只在无辙可寻的深水覆没,死亡无处不在,而孩子们嬉戏玩耍。

在无边的世界的海滨有孩子们盛大的聚会。

评 点

生命和死亡,诗歌永恒的主题。但在这新月之国,死亡并非面目狰狞,他更博大而神秘,对生命充满了同情;而生命亦非脆弱渺小,她更欢畅而无畏,因为她知道死亡的意义。

3

源

那轻快地掠过婴儿双眼的恬谧的睡眠,有谁知道它的来源?呵,是的,有人说它的居所在那童话的村庄,在萤火虫微微照明的森林的幽微之处,摇曳着两朵害羞的魔法小花,梦的精灵正是从那里飞来,亲吻婴儿的眼睛。

那隐约地闪现在熟睡的婴儿唇边的微笑,有谁知道它生在何方?呵,是的,有人说那是新月的一束银光轻触到一朵消隐的秋云,那微笑就诞生在清露浣洗的晨梦之中,那隐约地闪现在熟睡的婴儿唇边的微笑。

那花朵一般绽放在婴儿身上甜柔清新的生气,有谁知道它在什么地方久久躲藏?呵,是的,当那年轻的母亲还是个小小的姑娘,它就悄悄藏在她的心底,萦绕着那温柔的爱的秘密,那花朵一般绽放在婴儿身上甜柔清新的生气。

评 点

　　有人认为泰戈尔的诗过于甜腻,文过于质,只适合少年心性。就像这首诗,其甜美纯真,真让那些没有赤子之心的成年人赧颜。诗也有年龄之分吗?的确如此,读诗的心境就像人生四季,在荒凉的秋叶落尽、冬雪未至之时,这些春之夭桃、夏叶氤氲多么让人温暖。

4

宝宝的道理

只要宝宝愿意,他可以现在就飞升天国。

他留在我们身边自有他的道理。

他喜欢把头赖在妈妈怀里,滴溜溜的大眼睛一刻也不能离开她的身影。

宝宝咿呀自语,他懂得天下所有最聪慧的话语,只是没有几个成年人懂得它们的含义。

宝宝不肯告诉我们自有他的道理。

为什么他看上去纯洁无邪,因为宝宝要从妈妈的双唇学习妈妈的话语,那正是他小小的秘密。

宝宝自有他的金珠和财富,但是他赤裸裸地来到这个世界却像个小小的乞丐。

宝宝如此伪装自有他的道理。

亲爱的光溜溜的小乞儿,他扮得全然无助是为了求得妈妈无尽的爱的宝藏。

宝宝在小小的新月之国自由自在,毫无挂碍。

他放弃自由自有他的道理。

他深深明白,在妈妈温暖的心房,哪怕是一个小小的角落也能盛下无尽的欢乐;他偷偷掂量,被妈妈亲昵地抓获,紧紧地环抱在密爱的双臂较之自由有无比的甜蜜。

宝宝从不知何为哭泣,他居住在完美的至福之地。

他选择落泪自有他的道理。

只要那可爱的小脸微露笑靥,妈妈的慈心就紧紧相系,更不用说那小小的人儿为了小小的烦恼洒下小小的泪滴,妈妈的怜爱自然浓浓满溢。

评 点

宝宝就是妈妈心上那个胖乎乎、香喷喷的小坏蛋,无论他们做什么都带着一股甜蜜的香味。我喜欢去幼儿园接儿子放学,因为在幼儿园总能见到各式各样的家长,他们总是行色匆匆,可是脸上却总是带着一丝温柔的喜悦,那就是新月的光辉。孩子带给我们的爱比我们能察觉到的多得多。我最爱看那些面相很凶蛮的人看着自己的孩子,他们的面貌发生了奇异的改变,就像是一束从天国的光辉照在他们的脸上,温柔的表情一瞬间完全改变了他们的相貌,那就是新月之国的诗歌吧。

5

秘密的加冕仪式

哎,我的孩子,是谁给你小小的衣衫涂上了颜色?是谁用红红的色彩染上了你柔软的四肢?

清晨时分你到院子里玩耍,蹒蹒跚跚、跌跌撞撞地跑着。

但究竟是谁给你小小的衣衫涂上了颜色,我的宝贝儿?

是什么让你哈哈大笑,我的小心肝儿?

妈妈倚在门边望着你笑。

她轻轻地拍手,手链清脆地叮当作响,你挥舞着竹马好像一个小小的羊倌儿。

但究竟是什么让你哈哈大笑,我的小心肝儿?

噢,小乞儿,你用双臂黏着妈妈的脖子,是要乞得什么?

噢,贪心的小家伙,难道要我把全世界像只水果一样从天空摘下,奉到你粉嘟嘟的掌间?

噢,亲爱的小乞儿,你究竟要乞得什么?

微风欢快地带走了你的脚铃叮叮。

太阳微笑地看你梳洗；天空守护着你酣睡在妈妈的臂弯；清晨也悄悄地来到你的床边亲吻你的双眼。

微风欢快地带走了你的脚铃叮叮。

梦仙子飞过黄昏的天空向你靠近。

妈妈心中，大地母亲和你并排坐在一起。

为星星们演奏的乐师拿着他的长笛站在你的窗前。

梦仙子飞过黄昏的天空向你靠近。

评　点

诗有时候就是这么轻松，这么简单。宝宝第一次对这个世界的探险，爱人倚在门边的一次顾盼，让心轻轻地飞一会儿，让诗句自己写下来。

6

偷睡眠者

谁从宝宝的眼中偷走了睡眠?我一定要知道。

挎着大大的水罐在她的腰间,妈妈到邻村去汲水。

安谧的正午,早已过了孩子们的游戏时间,连池塘里的鸭子也寂寂无声。

牧童安睡在榕树的树荫下。

一只鹤庄重地肃立在芒果树丛边的沼泽里。

就在这时,那窃眠者溜了进来,从宝宝眼中摄走了睡眠,飞走了。

当妈妈回家时,她发现宝宝正手脚并用,满屋乱爬。

究竟是谁从我的宝宝眼中偷走了睡眠,我一定要知道。我要找到她,把她捆起来。

我要找寻那昏暗的洞穴,在那巨砾和峻石之间,流淌着一条涓涓小溪。

我要搜索那巴古拉木树林的浓荫憧憧,在它们藏身的角落,鸽子温柔地咕咕轻喃;繁星的夜晚,仙子们的踝环轻轻地鸣响在那深深的寂静。

黄昏时分,我要悄悄地窥看那飒飒轻摇的竹林,萤火虫在林中处处点灯,我要询问遇到的每一个生灵:"谁能告诉我那窃眠者住在哪里?"

谁从宝宝的眼中偷走了睡眠?我一定要知道。

要是让我逮到她,看我不好好教训她一顿!

我要搜查她的巢穴,看她把偷来的睡眠都藏在哪里。

我要把它们统统搜罗,扛回家去。

我要把她的双翼紧紧绑牢,放她在河岸,在灯心草和水百合丛中,叫她用一支芦苇钓鱼为戏。

黄昏时分,集市都散了,村里的孩子们都倚坐在妈妈膝边,那夜鸟就会叽叽喳喳地在她耳边嘲戏:

"这下看你还能偷谁的睡眠?"

评点

年轻的爸爸没法子哄宝宝入睡,被背水回家的媳妇埋怨了几句,倒霉的偷睡眠的小仙子因此被夺命追缉,静谧的睡眠之乡也被无辜殃及。最可爱是她受罚的方式,可怜的小鱼眼见得要受惊不少，但夜鸟的嘲弄才真正让宝宝爸爸出了一口恶气。

"诗可以兴，可以观，可以群，可以怨。"原来如此。宝宝午睡也是诗的本分。

7

源　头

"我从哪里来？你在哪儿把我捡起？"宝宝问妈妈。

"宝贝儿，你是我的心愿，藏在我心间，乖乖。"妈妈把宝宝紧紧地揽在怀里，又是好笑，又要流泪。

"你是我小时候玩的洋娃娃。每天清晨，当我用黏土塑我的神，我捏好了又弄碎了重捏的就是你。"

"我把你放在家神的神龛里，当我拜他的时候，我也拜你。"

"你活在我所有的梦想中，活在我的爱、我的生命中，活在我母亲的生命中。"

"那守护我们全家的永在的魂灵，他拥你在膝上，看护了你世世代代。"

"当我还是个小姑娘的时候，我的心花刚刚开始绽放，你就像一缕芳香氤氲其上。"

"你的温柔在我年轻的身体上开出花来，就像日出前天空中的一片曙光。"

"天国的第一宠儿,晨光的双生兄弟,你在全世界的生命长河中飘荡,最终停泊在我的心上。"

"每当我凝视你的脸蛋儿,总是觉得无限神奇;你这属于全世界的精灵,但现在你是我的,宝贝。"

"为了怕失去你,我要把你紧紧地抱在怀里。究竟是什么魔力使这全世界的珍宝落入我这纤细的双臂?"

评 点

奇怪,我的宝宝从来没有问过我这个问题,可是如果他问的话,我就可以把他抱到电脑面前,让他一个字一个字细声细气地把这首诗读出来,当他遇到不认识的字,他会很不屑地歪着他的小脑袋,对我的工作评头论足:"怎么这些字这么奇怪啊?我从来没见过。"这样我就可以亲亲他柔软的脖子,闻着他头发的香气,以为自己已经回答了他的问题。

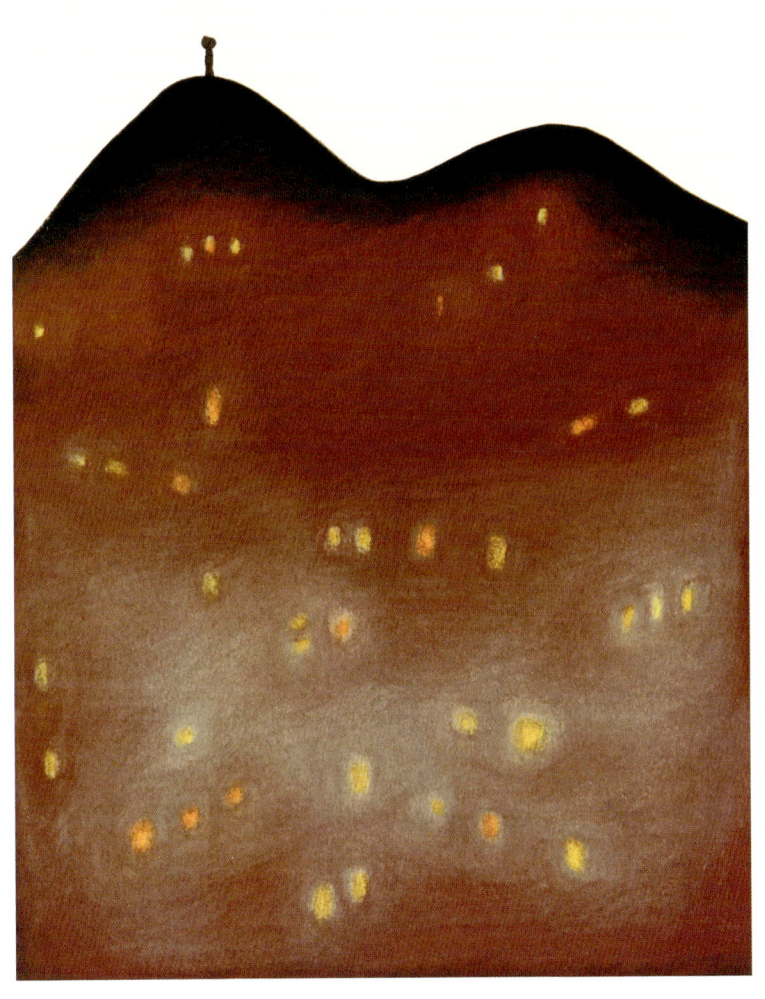

新月集·家

新月集·在海滨

新月集·源

新月集·宝宝的道理

新月集·秘密的加冕仪式

新月集·偷睡眠者

新月集·源头

新月集·宝宝的世界

8

宝宝的世界

我愿我能在宝宝自己的世界中心,占据一个安静的角落。

我知道有星星和他交谈,还有整个天空降下来逗他玩,有傻里傻气的云彩还有五颜六色的彩虹。

还有那些人们以为不会说话的东西,那些看上去不会动的东西,他们都匍匐到他的窗前,讲述他们精彩的故事,还纷纷奉上堆满精美玩具的大礼盘。

我愿我能在穿越宝宝思想的大路旅行,必能突破任何束缚;

在那里,信使们整天无事奔忙在无史可查的国王们的王国间;

在那里,理智用法则制鸢并把它们高高放飞;

在那里,真理把事实从它的桎梏中解放出来。

评 点

这首诗和新月集中的其他诗歌颇有不同,作为哲人的诗人有时候也禁不住从成年人的视角仰视新月之国,那里一切都是那么明晰,没有受到欲望和利益污染的国度不仅保持了生动的意趣,就连价值观也与太初之时一样,明澈无尘,熠熠生辉。

9

何时，何故

　　我带给你那些色彩缤纷的玩具的时候，我的孩子，我才明白为什么云朵有彩、净水有色，我才明白为什么花朵被晕染得浓淡有致——我给你那些色彩缤纷的玩具的时候，我的孩子。

　　我唱歌伴你舞蹈的时候，我的孩子，我才懂得为什么树叶也奏出音乐，为什么波涛的和声直达那倾听的地球的心——我唱歌伴你舞蹈的时候，我的孩子。

　　我把糖果放在你贪吃的手心的时候，我的宝贝，我才知道为什么花芯里有蜜，为什么水果被偷偷灌满了甜甜的果汁——我把糖果放在你贪吃的手心的时候，我的宝贝。

　　我亲吻你的小脸让你咯咯直笑的时候，我的心肝，我确实知道在晨光中幸福从天而降，就像夏日的清风席卷我身——我亲吻你的小脸让你咯咯直笑的时候，我的心肝。

评　点

"何时？何故？"生命充满了禅机。坐在摩崖石壁前，看着晨光中自己孤寂的倒影，要怎么才能参透那些痛苦的问句？没有人能在生命之外参悟，孩子是母亲的宗教，诗歌是他们的圣经。

10

苛　责

为什么泪珠在你眼中滚来滚去，我的孩子？

他们真可怕，怎么能总是平白无故地骂你？

你写字的时候墨水弄脏了手指和小脸——那他们也不能骂你脏啊！

噢，呸！要是天上的满月脸上被涂上了墨水，他们也敢骂它太脏吗？

他们总是为那些无谓的小事责骂你，我的孩子。他们净会鸡蛋里挑骨头。

你在玩耍的时候撕破了衣裳——那他们也不能骂你不整洁啊！

噢，呸！那他们是不是也想骂那秋日的清晨？只因为它从那褴褛的云层往外露出笑靥？

别管他们对你说什么，我的孩子。

别听他们大放厥词。

他们甚至还列出一个长长的单子,上面全都是你的不是。

人人都知道你爱吃糖——难道因为这个他们竟然骂你贪婪?

噢,呸!如果你是贪婪,我倒想知道,他们要骂我们这些爱你的人是什么?

评　点

苛责,权力的滥用,越是在成年生活中失败的人越是喜欢对孩子挥舞拳头。失望是一个长着满口黄牙的老妖婆,她尖酸刻薄、口臭难闻,可怕的是她抓住了那么多愚钝的男男女女,搅扰得新月之国也不得安宁。童年何其短暂,还有这样那样的老妖怪作祟。

11

法　官

你爱怎么说就怎么说吧，但我知道我的孩子的弱点。

我爱他不是因为他完美无缺，我爱他是因为他是我亲爱的小宝贝。

说到底你怎么会知道他有多可爱？你只会掂量他有哪些优点哪些缺点。

当我必须责罚他的时候，他更成为我的生命的一部分了。

当我使他哭泣时，我的心也和他一起哭。

所以只有我有权责备他、惩罚他，因为只有爱他的人才能罚他。

评　点

"只有爱他的人才能罚他"，这是对所有"苛责"最好的回应，应该写在给所有父母亲的教科书的第一页。

12

玩　具

孩子，你坐在泥地上，欢欢喜喜地把一段树枝玩了一个早上。

我微笑地看你玩那断了的小树枝。

我在忙着算账，好几个小时忙着把数字加起来。

也许你会瞥我一眼，心想："好没趣的游戏，白白浪费了你一个早上。"

孩子，我已经忘了聚精会神地玩耍树枝和泥巴团的艺术了。

我搜寻昂贵的玩具，敛集金块和银块。

无论找到什么玩具，你都创造出快乐的游戏；而我花费时间和精力去追寻那永远也得不到的东西。

乘着一只脆弱的独木舟，我奋力穿过欲望之海，忘了我也只不过是在玩一个游戏。

评 点

印度式的哲学常常浮现在诗歌的字里行间,难得的是,诗人得之既深,出得却并不急切,春风化雨,感悟也是一种缘分。

13

天文学家

我只不过说:"要是晚上那圆圆的满月被卡达姆巴树枝挂住了,有谁能捉住它吗?"

哥哥就嘲笑我说:"小屁孩儿,你真是我见过的最傻的小孩儿了。月亮离我们那么远,谁能够得着啊!"

我说:"哥哥,你才傻呢!妈妈从她的窗户向外望着我们笑,看我们玩的时候,你能说她离我们很远吗?"

他还是说:"你才傻!小屁孩儿,上哪儿去找那么大的网来装月亮呢?"

我说:"当然你可以用手来捉啊。"

但是哥哥又笑又说:"你真是我见过的最傻的小孩儿了。要是靠近了,你才知道月亮有多大。"

我说:"哥哥,你们学校净教些没用的!妈妈把脸凑过来亲我们的时候,她的脸看上去很大吗?"

但是哥哥还是说:"你真是个傻孩子。"

评　点

孩子间的交谈是一件神奇而美妙的事情，他们既能够分辨现实和童话，但同时还保留着新月之国的逻辑。

14

云与波

妈妈,住在云端的精灵们喊我呢——

"我们从早玩到晚,

我们和金色的晨曦玩耍,我们和银色的月亮作伴。"

我问:"但是我怎么才能飞到你们那里呀?"他们答:"走到地的尽头,把你的双手举向天空,你就会被带往云端。"

"妈妈还在家等我呢,"我说:"我怎么能离开她就走?"

于是他们笑着飘走了。

不过,妈妈,我知道一个更好的游戏。

我是云,你是月。

我用双手遮住你,我们的屋顶就是那蓝蓝的天空。

妈妈,住在波间的精灵们喊我呢——

"我们整日歌唱,到处游荡,从不知道我们到过的地方。"

我问:"但是我怎么才能和你们一起玩?"他们告诉我:"去到海边,紧紧闭上你的双眼,你就会被带到波间。"

我说:"妈妈要我晚上回家——我怎么能离开她就走?"
于是他们笑了,舞蹈着离开。
但是,妈妈,我知道更好的游戏。
我是波,你是陌生的海岸,
我滚呀摇呀滚呀摇,笑哈哈撞碎在你的膝盖上。
世上没人知道我们在哪里。

评 点

孩子的世界总是有些迷离,成年以后,新月之国的大门就悄悄地关闭。妈妈虽然有爱的特权,但是那云与波的诱惑总是让妈妈觉得一阵阵的心悸。在中国,老人们总是说:"孩子在六岁前都不是你的。"这种对自然的敬畏之心不做妈妈的人是很难体会的。诗意贵在微妙,波声云影,一些深沉的隐忧和孩子贴心的慰藉,在这本为母亲和孩子写作的诗集中,我们时时感念诗人温柔而敏感的心。

15

占婆花

要是我变作一朵占婆花,妈妈,只是为了好玩,高高地开放在那树梢,随风哈哈笑啊摇,随着新叶舞啊跳,你还能认得我吗?

你会叫:"我的儿啊,你在哪儿?"我会自己偷偷笑,还要保持静悄悄。

我要顽皮地绽放花瓣,在一旁瞧着你工作。

你沐浴之后,披着湿湿的头发走过那占婆树的影子,去小院子里祈祷,你会闻到那占婆花的芬芳却不知道那就是我,你的儿子。

午饭后你坐在窗前读《罗摩衍那》,占婆树的影子投在你的头发和膝盖上,我就会把我那小小的占婆花的影子投射在你的书页,就在你读到的地方。

但是,妈妈,你能猜到那就是你亲爱的小儿子投射的小影子吗?

黄昏时分，你提着那点亮的油灯去牛栏，我要突然掉到地上又变回你亲爱的小宝贝，央求你给我讲故事。

"你跑到哪里去了，你这淘气的家伙？"

"我才不告诉你，我的妈妈。"那将是我们的对话。

评　点

在新月集中，我们总是能闻到一种印度式的芬芳，有恒河边汲水的妇人，有金色的占婆花，还有宝宝甜柔的香气和妈妈沐浴后的清新。但是那淘气的宝宝总是和氤氲的香气一样，有一些迷离，他们还保持着和新月之国的联系，能在神话与现实之间自由来去，虽然这使他们格外可爱又珍贵，但是做母亲的心里却总是有一丝不安，在生命和死亡之间，她们只能用自己的爱筑起一道不高的堤坝，海潮阵阵，云波翻滚。理解了死亡的生命虽是一种安慰，但还是一样不舍。

16

仙　境

如果人们知道了我的国王的宫殿在哪里,它就会消失在空中。

它的城墙是白银铸就,它的屋顶是闪闪发光的纯金。

王后住在那七进大院落的大皇宫,她佩戴的珠宝价值整整七个王国的财富。

但是,妈妈,我要悄悄地告诉你,我的国王的宫殿在哪里。

它在我们家台阶的角落里,就在放那盆图尔西树的地方。

公主躺在七个无法逾越的重洋那遥远的海岸甜甜酣睡。

世上除了我谁也不知道她住的地方。

她的手臂戴着美丽的臂镯,珍珠从她的耳边垂下,长长的秀发轻拂着地面。

只要我用我的魔杖轻点,公主就会醒来,当她微笑的时候,珠玉便会从她的双唇滚落。

但是,妈妈,我要咬着你的耳朵悄悄地告诉你,我的公主在哪里。

她在我们家台阶的角落里,就在放那盆图尔西树的地方。

当你去河边沐浴的时候,你走到那台阶的最顶端。

我就坐在角落里,那是墙壁的影子汇合的地方。

只有小猫咪可以跟着我,因为只有她知道故事中理发师的住处。

但是,妈妈,我要咬着你的耳朵悄悄地告诉你,故事中的理发师在哪里。

他住在我们家台阶的角落里,就在放那盆图尔西树的地方。

评　点

为什么宝宝喜欢说悄悄话?也许是因为新月的光辉在现实的日光下会变得黯淡?但是宝宝忽闪的大眼睛,认真叮嘱的口气,拉着妈妈的衣角,非要妈妈保密的严肃态度使得新月之国的秘密还是一样神奇。

17

放逐之地

妈妈,天空灰蒙蒙的,我不知道现在是什么时候。

我的游戏变得无趣,所以我来找你。今天是周末,是我们的假日。

妈妈,别干活啦,过来坐在窗前,告诉我童话中的特潘塔沙漠究竟在哪里?

雨的影子遮盖了整个白天。

凶猛的闪电正用它的爪子撕扯着天空。

乌云轰轰作响,雷声隆隆,我喜欢心里怕怕地紧靠着你。

大雨好几个小时哗哗地打在竹叶上,窗户在狂风中嘎嘎直摇,我喜欢和你一起坐在屋里,妈妈,只和你一个人在一起,听你讲童话中的特潘塔沙漠。

它在哪里?妈妈,在什么海的岸边?在哪座山的脚下?在哪个国王的国土上?

在那里,没有篱笆圈起田地,没有村民们黄昏回家的小径,也没有到森林里拾柴的妇人送货到市场的小路；只有沙地上一块块黄色的草皮和一颗孤零零的大树，树上有一对睿智的老鸟筑巢，这就是童话中的特潘塔沙漠。

我能想像那国王的小儿子在一个多云的天气，独自骑着一匹灰色的骏马穿越茫茫的沙漠，去找寻他的公主。她被囚禁在那未知的大海对岸，在一个巨人的宫殿里。

天边乌云滚滚，闪电像疼痛般痉挛，当他骑着骏马穿过那童话中的特潘塔沙漠，他是否想起了他不幸的母亲，那被国王抛弃，一边清扫牛栏一边流泪的母亲？

看啦，妈妈，还不到白天结束的时候，天却快黑了，村外的小路也杳无人迹。

牧童早早地从牧场收工回家，男人们也离开了田地，他们坐在自家屋檐下的垫子上，望着黑云滚滚。

妈妈，我把课本都放回书架上了——现在别叫我做功课好吗？

等我长大了，像爸爸一样是个大人的时候，什么该学的我都能学会。

但是今天，妈妈，请你告诉我童话中的特潘塔沙漠究竟在哪里？

评　点

在《新月集》中常常可以看到宝宝和妈妈两个人相处的细节，好像诗人本身就是一位母亲。宝宝在渐渐长大，从婴儿床上粉嘟嘟的脸蛋儿，到满地乱爬的小宝宝，再到缠着妈妈讲故事的大宝宝，新月集中的这个孩子已经成了我们的朋友和玩伴。我们知道他和妈妈的小秘密，我们也知道他喜欢的童话故事和他自己编撰的故事的主角都住在哪里。我们和他一起欢笑，一起游戏，一起长大……是的，当我们还没准备好的时候，我们就要和他告别了，因为要和他永远在一起，我们必然要和他一起经历死亡，这也是新月之国的必修课之一，只有理解和接受死亡的生命才是完整和真实的。

18

雨　天

乌云在黑沉沉的森林边缘迅速集结。

噢，孩子，别到外面去！

湖边一排排的棕榈树用他们的大头猛击向阴郁的天空；乌鸦敛起湿漉漉的翅膀静静地歇在罗望子树枝上；大河的东岸笼罩在一片昏暗之中。

系在栅栏上的奶牛在哞哞直叫。

噢，孩子，在这儿等着我把她牵到牛栏里去。

男人们都挤在被水淹没的农田里抓那些从溢出的池塘里溜出来的鱼；雨水在狭窄的小道上冲出了一道道的小沟，它欢快地奔流着，就像一个顽皮的男孩大笑着从妈妈身边溜走，和她闹着玩儿。

听，有人在渡头高声叫那船夫呢。

噢，孩子，日光昏暗，那渡船都已经收班了。

天空好像骑乘着这疯狂倾泻的大雨；河水喧闹不安；女人

们带着她们盛满的水罐从恒河岸边急匆匆地往家赶。

快快准备好夜灯。

噢,孩子,千万别出去!

去市集的路上荒凉无人,到河边的小径泥泞湿滑。狂风呼啸、挣扎在竹枝之间,就像一只被网缠住的野兽。

评 点

好一幅印度风情的暴雨图!狂风、乌云、瓢泼大雨;抓鱼的男人、汲水的女人、跟在妈妈身后的孩子,连哞哞叫的奶牛也没有逃过诗人的眼睛。新月集的一个特点就是悲喜交集,既有生的喜悦,又无时无刻不感受到死的威胁。

19

纸　船

日复一日,我把我的纸船一只只放在小溪中,顺流而下。

在纸船上,我用大大的黑字写着我的名字,我住的村庄的名字。

我希望在陌生的地方有人找到我的纸船,知道我是谁。

我把我的小船装满自家花园的秀丽花,希望这些清晨开放的鲜花能在夜晚安全着陆。

我起航我的纸船,抬头望天,看见一朵朵小小的白云正鼓起它们白色的风帆。

我不知道在天上谁是我的玩伴,但他送下这些白云来和我的纸船比赛!

到了夜里,我把脸埋在手臂之间,梦见我的纸船在午夜的星空漂啊漂。

驾驶它们的是掌管睡眠的精灵,纸船上满载的是它们一篮一篮五彩的梦。

评 点

《新月集》中有许多这样清新隽秀的小诗,看上去很轻松自然,但只有真正拥有一颗赤子之心,才能靠近童真的心灵。

20

水 手

船夫马德虎的大船停泊在拉古尼码头。

它装满了黄麻,无所作为懒洋洋地躺在那里已经很久了。

要是他肯把船借给我,我一定要给她配备一百只桨,还要升起五张、六张、七张帆。

我才不会驾着她驶向那愚蠢的市场。我要驾着她驶过童话中的七大洋和十三条大河。

但是,妈妈,你不用在角落为我哭泣。

我可不会像罗摩占陀罗那样到森林中,一去十四年才回来。

我要成为故事中的王子,把我的大船装满我喜爱的东西。

我要带上我的朋友阿树。我们要高高兴兴地驶过童话中的七大洋和十三条大河。

我们要在晨曦中扬帆起航。

正午时分,你到池塘沐浴,我们已经驶入那神秘的陌生国度。

我们要穿过特普尼浅滩,把特潘塔沙漠远远地抛在身后。
夜幕降临我们回家时,我将告诉你我们的所有见闻。
我要驶过童话中的七大洋和十三条大河。

评　点

不知道为什么,在想象中总是一个男孩儿在梦想着远航,也许是因为那些古老的童话中净是些冒险的王子的缘故,公主总是被锁在高高的塔楼,等着她的王子来拯救。不过我更喜欢把她想象成一个勇敢的小姑娘,喜欢航海,喜欢冒险,喜欢过一种和妈妈不一样的生活。

21

彼 岸

我渴望去到河的彼岸。

那里,一排小船系在岸边的竹竿上;

男人们清晨驾着小船去上工,肩上扛着铁犁去耕作那远处的土地;

牧童们赶着哞哞直叫的牛群游到对岸河边的草场;

黄昏时分,他们全都从对岸回到家里,只留下豺狼在杂草丛生的小岛上嚎叫。

要是你不介意,妈妈,长大以后我要去渡头作一名船夫。

他们说在那高高的河岸后面隐藏着奇异的水洼。

大雨过后,一群群的野鸭聚集在那里,水洼边长满了密密的芦苇丛,水鸟在那里筑巢孵卵;

鹬鸟舞动着他们的尾羽在洁净柔软的泥地上留下一串串细细的爪痕;

到了夜里,高高的水草摇曳着白色的花穗引得那银色的月光在花海中悠荡。

要是你不介意,妈妈,长大以后我要去渡头作一名船夫。

我要在河的两岸自由地来来去去,村里的男孩女孩在河边沐浴的时候都会艳羡地望着我。

当太阳爬升到了中天,清晨变成了正午,我就会跑到你的身边,大叫着:"妈妈,我饿啦!"

一日既尽,树影蜷伏在树下,我会在黄昏按时回家。

我才不要像爸爸一样离开你到城里去上班。

要是你不介意,妈妈,长大以后我要去渡头作一名船夫。

评 点

我还记得那些渡船。长江边的小河岔里,总有一些渡船来来去去,装载着各色的行人,欸乃的桨声和炫目的水波,岸边的水草在日光下氤蒸着特殊的香气。但船夫总是沉默的,呵,也许他和这个小男孩一样,默默地在心里唱着歌。

22

花的学校

雨云轰鸣着集结在天空,六月的阵雨从天而降,
湿润的东风扫过荒原到竹林里吹奏它的风笛。

这时,一簇簇的鲜花突然开放在原野,谁也不知道她们从何而来,只见她们在草地上跳舞狂欢。

妈妈,我真的认为鲜花们肯定上过一个秘密的学校。

她们上课的时候都关着门,要是还不到开花的时候她们就想溜出来玩,她们的老师就让她们在墙角罚站。

下雨天就是她们的假日。

树枝在森林中绞缠在一起,树叶在狂风中沙沙作响,雷雨云拍打着他们巨大的手掌,鲜花孩子们穿上她们节日的盛装,粉红、黄色和白色的连衣裙,欢快地飞奔出来。

妈妈,你知道吗?她们的家在天上,在星星住的地方。

你没看到吗?她们多想回到天上!你知道为什么她们那么急切地要回家吗?

当然啦,我可知道她们向谁远远地伸出了臂膀:她们和我一样,都有自己的妈妈呀。

评　点

印度的雨跟中国的雨真不一样,在中国的诗歌中,春雨总是绵绵细细的,虽然有春雷阵阵,但也总是适度而欢欣的。热带的气候培育了热烈的情感,虽然是小花们,也笑得那么灿烂,爱得那么炽热!

23

商 人

想象一下,妈妈,想象你会留在家里而我要到陌生的地方去远行。

想象我的货船泊在码头,满载着货物就要起航。

请好好想一想,亲爱的妈妈,然后告诉我,你要我回家时给你带点儿什么礼物?

妈妈,你想要成堆成堆的金子吗?

在那金色的小溪两岸,田野里满是金子般的收获。

在森林小径的浓荫之下,金色的占婆花落了满地。

我要把它们全采来,盛满无数的花篮,献给你。

妈妈,你想要又大又圆的珍珠吗?就像那秋日的雨滴。

我要去那珍珠岛的沙滩,在晨曦之中,一颗颗珍珠在开满草地的野花上轻颤;晶莹的珍珠顺着草叶滚落;浪花飞溅,把一串串的珍珠撒落在沙滩。

我要带给我的兄弟一对飞马,它们展开双翼翱翔在云间。

我要给爸爸送上一支魔笔,在他不知不觉间,魔笔就替他把工作完成。

我还要给你,亲爱的妈妈,奉上那价值连城的精美首饰盒,里面的珠宝价值七个王国的全部财富。

评　点

做了妈妈以后,总是幻想着在大学校园里牵着儿子的手,看他弹钢琴,看他打篮球,看旁边的女生为他着迷地喝彩。但是儿子呢?他的梦想是什么?妈妈在不在他的梦中?也许儿子也会把我拉到电脑面前,让我一字一句地读我自己的译文,就当是不好意思和妈妈重温一次久违的亲密。新月集的翻译就像是和儿子一起完成的,不知道他长大以后还能不能记得那些甜蜜的诗句?

新月集·天文家

新月集·云与波

新月集・占花婆

新月集·雨天

新月集 · 优越感

新月集·小大人

新月集・英雄

新月集·死亡

24

同 情

如果我不是你的宝宝,只是一只可怜的小狗,亲爱的妈妈,当我想从你的盘子里吃东西的时候,你会对我说"不行"吗?

你会把我赶走,还大声嚷嚷:"走开,你这只淘气的小狗"吗?

那我就不喜欢你了,妈妈,你走吧!你再叫我我也不睬你,你喂我东西我也不吃。

如果我不是你的宝宝,只是一只绿色的小鹦鹉,亲爱的妈妈,你会用链子锁住我的脚以防我飞走吗?

你会对我直摇手指,还责备我:"真是一只忘恩负义的坏鸟,整天就会啄它的锁链"吗?

那我就不喜欢你了,妈妈,你走吧!我要逃到树林里去,我再也不肯让你把我抱在怀里。

评 点

天下宝宝是一家。狗宝宝是宝宝,蚕宝宝也是宝宝,要是惹恼了这个宝宝,那个宝宝可就不高兴了。孩子的天性就是如此,不需要妈妈教他,"幼吾幼以及人之幼"。在印度的语境中也许还有对种姓制度的挑战,在泰戈尔的长篇小说《戈拉》中,戈拉的母亲说:"谁要是怀里抱了小孩,就会相信世上没有一个人是生来就有种姓的。"在孩子的眼中,人世的不平等是多么荒谬。

在翻译的时候,增加了那句"那我就不喜欢你了",因为宝宝们就是那样跟妈妈生气的,所以很自然地放上去了,觉得诗人也不会介意吧。

25

职　业

早晨的钟声敲响十点整的时候，我就沿着小路上学去。

每天，我都遇到那小贩在叫卖："镯子，亮晶晶的镯子啊！"

从没什么事情催着他干，没有必须走的路，没有必须去的地方，也没有必须回家的钟点。

我倒情愿做个小贩，整日在街头游荡，叫卖着："镯子，亮晶晶的镯子啊！"

下午四点，我放学回家。

我能从那所大房子的门缝里看见园丁在锄地。

他拿着铁锹爱干啥就干啥，他的衣服上弄得全是土，就算他在太阳下晒得黝黑或是被雨淋湿，也没有人会责备他。

我倒宁愿做个园丁，在花园里东挖挖西挖挖，谁也不会阻止我。

天色刚刚暗下来，妈妈就催我上床睡觉。

我能从开着的窗户看到那守夜人走来走去。

小路又黑又冷清，高高伫立的街灯就像一个独眼巨人，大大的脑袋上只有一只血红的眼睛。

守夜人摇晃着他的灯笼，只有他的影子伴着他走来走去，他一辈子也不用上床睡觉。

我倒宁愿做个守夜人，整夜在街巷徘徊，提着灯笼和我的影子追来追去。

评　点

孩子刚长大一点，就对他必须适应的社会生活感到厌烦：每天要做的功课；必须遵守的纪律；准时上床的钟点……也许我们应该反省一下：真的有必要把生活弄得这么无趣才算"正常"吗？

26

优越感

妈妈,你的小宝宝真傻!她真是幼稚到无可救药。

她连街灯和星星都分不清。

我们用小石子玩过家家的时候,她竟然认为那是真的食物,要把他们放到嘴里!

要是我打开一本书让她学学 a, b, c,她就会用两只手把书页一张张地撕下来,还莫名其妙地咯咯大笑,这就是你的小宝宝学习的方式。

要是我气得冲她直摇头,骂她不乖,她笑得越加厉害,还觉得这真是好玩。

谁都知道爸爸不在家,但是如果游戏的时候我大叫一声:"爸爸",她还是会兴奋地东张西望,觉得爸爸肯定就在附近。

洗衣工赶着毛驴来取衣服的时候,我用那些驴子来练习教学,虽然我明明白白地告诉她,我是老师,但她还是没来由地大声尖叫,还管我叫"哥哥"。

你的小宝宝还想去抓月亮。她真是好玩；她把格纳须叫做嘎奴须[1]。

妈妈，你的小宝宝真傻！她真是幼稚到无可救药。

评　点

诗人在新月集里介绍了整个家庭给读者，有美丽、温柔的妈妈；整天不在家的爸爸；第一个出生的是大儿子；后来是小儿子和小女儿。孩子们年龄间隔不大，男孩们为了摘月亮争吵，小女儿还在咿呀学语。爸爸是作家，在城里工作；妈妈受过很好的教育，在大家庭里操持家务；孩子们相互照顾，还有很多自己的空间和时间。他们观察着邻里和乡村的生活，通过学习和梦想培育着小小的自我。

1　格纳须是印度很常见的名字，也是一个象首人身的印度神之名。

27

小大人

我个头儿小,因为我还是个小孩子。等我的年纪和爸爸一样大的时候,我就会长成一个大个子。

我的老师会走过来说:"你又迟到啦,快带上你的书和写字板。"

我会告诉他:"你不知道我和爸爸一样大了吗?所以我以后都不用上课了。"

老师会满腹狐疑,他只能说:"是啊,如果他愿意,他完全可以把他的书本抛到一边,因为他已经长大了。"

我要穿戴整齐走到那人群拥挤的市集上去。

我的叔叔要是跑过来说:"你会走丢的,我的孩子,让我牵着你吧。"

我会回答:"叔叔,你没发现我和爸爸一样大了吗?我要一个人到市集去。"

叔叔一定会说:"是啊,他想去哪儿都行,因为他已经长大了。"

妈妈沐浴归来，看到我正在付钱给我的保姆，因为我肯定已经学会用自己的钥匙打开那个装钱的盒子了。

妈妈会说："你又在捣什么蛋？淘气的孩子。"

我会告诉她："妈妈，你不知道我已经和爸爸一样大了吗？所以必须由我来付钱给保姆。"

妈妈会喃喃自语："是啊，他想把钱给谁都行，因为他已经长大了。"

到了十月放假的时候，爸爸会回家来，以为我还是个小宝宝，他会从城里给我带回小小的鞋子和柔软的外套。

我会说："爸爸，把它们给我的哥哥吧，你没发现吗？我和你一样大啦！"

爸爸会暗自思忖，他说："是啊，只要他愿意，他可以自己买衣服，因为他已经长大了。"

评 点

如果你长大了,你会干什么呢？这是经典的小学作文题目，小孩子们被训练说："我要做宇航员，我要做医生。"其实孩子们也许只想拥有一些最基本的自由，可以选择的自由：要不要上学，要不要上街，要不要买自己的衣服。"池塘边的榕树上，知了在声声地叫着夏天。"憧憬着长大的童年在记忆中有美好的香气，但是长大以后却忘记了童年的憧憬，只是孜孜计较于买房、买车，忘记了自由的甘美。诗是开启美好记忆的钥匙，在人群扰攘的成年生活中觉得厌倦、觉得迷失的时候，拿起一本小小的诗集，让束缚已久的心灵悄循着童年的梦想，为灵魂找到方向。

28

十二点

妈妈,我真的要去玩啦,这些书我都看了一上午啦。

你说现在才十二点。妈妈,就算现在不是早过了十二点,你就不能把刚到十二点当做是下午吗?

我就很容易想象现在太阳已经落到稻田的那边,捕鱼的老太太正在池塘边采集晚餐用的野菜。

我只要闭上双眼,就能想出牛角瓜树下树荫渐浓的样子,池塘的水面也泛起了暗暗的微光。

假如十二点能够在黑夜到来,为什么黑夜不能在十二点的时候来临呢?

评 点

孩子厌倦学习的时候,什么稀奇古怪的理由都能想出来。他们只需坐在地上,歪着脑袋,亮晶晶的大眼睛直盯着你,小嘴叽叽呱呱地说个不停,不论是正午十二点的黑夜还是僵尸要啃你的脑子,他们说得那么兴味盎然,要打断他们几乎是不可能的,"是的,妈妈,我知道b小调要升6,但是僵王博士下次一定会坐宇宙飞船回来的。"

29

作者权威

你说爸爸写了好多书,可他写的东西我一点也不懂。

整晚他都在给你读他写的东西,妈妈,你真的能听懂他在说些什么吗?

你给我们讲的故事才精彩呐!妈妈,我真是不明白,为什么爸爸就不能写些这样的东西呢?

难道他就没有从他自己的妈妈那里听过巨人、小精灵和公主的故事吗?

难道他把那些故事全忘了?

爸爸老是拖着不去洗澡,害得你老是要去叫他,一次又一次。

你还老是等着他来吃饭,把他的饭菜热了一回又一回,可是他一写起书来就什么都忘了。

爸爸总是玩写书的游戏。

但是只要我踏进爸爸的书房,想在那里玩一会儿,你就会过来叫我："真是个淘气的孩子！"

哪怕我发出一点点声音，你也会说："没看见爸爸正在工作吗？"

哼，整天写啊写啊，有什么乐趣！

你为什么冲我发脾气？妈妈，我不过是拿起爸爸的笔，学他的样子在他的书上写一些 a, b, c, d, e, f, g, h, i 而已。

爸爸那样写的时候你可什么都没说。

爸爸浪费了那么多一叠一叠的白纸，妈妈，你好像一点也不在意。

可是只要我拿一张去折一只小纸船，你就会说："孩子，你真讨人嫌！"

爸爸用那么多黑乎乎的符号画满了一张又一张的白纸两面，你看了又会做何感想？

30

坏邮差

告诉我,亲爱的妈妈,你干嘛静静地坐在地上,默不作声?

雨水从开着的窗户飘进来,你浑身都沾湿了,你怎么一点也不在意?

你没听到钟声都敲了四点了吗?这是哥哥从学校放学的时候了。

你究竟怎么了?看上去那么奇怪。

是因为今天你还没收到爸爸的信吗?

我看见邮差驮着他的大袋子好像给镇上每个人都送了信去。

只有爸爸的信被他扣下来留给自己读。我肯定邮差是个大坏蛋。

但是,亲爱的妈妈,别伤心了。

明天是邻村赶集的日子。你让女仆去买一些纸和笔来。

我要亲自把爸爸的信写给你,你会发现一个错都没有。

我会从 A 一直写到 K。

妈妈，你笑什么呀？

难道你不相信我能写得和爸爸一样好？

我会用尺子仔细地打上格子，把每个字都写得又大又美。

等我写好了信，我才不会像爸爸那么傻，把信投到可怖的邮差的大口袋里。

我要一刻不停把它送到你的面前，一个字一个字帮你读懂我的信。

我就知道坏邮差不肯送给你真正的好信。

评　点

写信的乐趣被短信和电邮破坏殆尽，信件正在变成一种古老而浪漫的信物。虽然我的儿子希望娶一个红太狼一样的老婆，因为"红太狼有时候对灰太狼也很温柔的"。但哪怕是红太狼也会喜欢收到一封情真意切的情书的，我希望我的儿子在追求他的红太狼的时候还能记得这一点。

31

英　雄

妈妈，想象一下我们正在旅行，要穿越一个陌生而危险的国度。

你乘着一顶轿子，我骑着一匹枣红大马伴你左右。

正是黄昏时分，太阳也渐渐下沉。阴沉灰暗的约拉迪吉荒原横亘在我们面前，又荒凉，又贫瘠。

你害怕地暗自思忖："我不知道我们到了什么地方了。"

我对你说："妈妈，不用害怕。"

草地长满了带刺的野草，荆棘难行，穿过草地的只有一条狭窄而崎岖的羊肠小道。

茫茫原野没有一只牲畜，因为它们早已回到村中的牛舍。

天色渐暗、大地苍茫，我们不知道正走向何方。

突然，你叫住我，悄悄询问："靠近河岸的是什么火光呀？"

正在那个时候，一阵可怕的啸叫声爆发出来，一群人影直冲我们而来。

你蜷缩在轿内,祈祷各方神圣多多保佑。

轿夫们吓得瑟瑟直抖,藏身在荆棘树丛。

我对你大声叫道:"别怕,妈妈,有我在这里。"

手持长棍,蓬头散发,他们越逼越近。

我大叫一声:"警告你们,恶棍,胆敢再往前一步,必死无疑!"

人群发出可怕的啸叫,直冲向前。

你紧紧抓住我的手说:"我的老天,亲爱的儿啊,千万别靠近他们。"

我说:"妈妈,你只管看我的吧。"

说着,我扬鞭策马,蓦地飞奔,我的长剑和圆盾铿锵有声。

那可真是一场恶战,妈妈,要是你从轿内瞥上一眼,恐怕也要吓得直打冷颤。

一些人飞快地逃走了,也有不少被我斩为两段。

我知道你一个人坐着,心里猜测你的儿子是否已经命丧黄泉。

但是我向你走来,浑身浴血,大声宣告:"妈妈,战事已完!"

你走出轿子亲吻我,紧紧地把我抱在胸前,你对自己说:

"要是没有我的儿子保护,我可怎么办?"

日子一天天地过去,无聊的事情一件接着一件,为什么这样的事就不会碰巧发生呢?

就像书上写的故事一样。

我的哥哥会说:"这怎么可能?我一向认为他是那么稚嫩!"

村里的人也会惊讶连连:"哎呀,多么幸运啊,正好儿子陪在妈妈身边!"

评 点

现在的孩子都不看《一千零一夜》的故事了,那些野蛮时代的英雄故事对他们的影响也减弱了,要是我的儿子梦想成为IT精英,建立自己的虚拟王国,把妈妈奉养在虚拟的自由国度,我就心满意足了。不论英雄气概看上去多么辉煌诱人,我只但愿那些打打杀杀的事情永远也不要发生在我的孩子或任何人的孩子身上。

我这么说,儿子可要撅起他的嘴巴来了:"这哪是说要打打杀杀的诗啊,这是要保护妈妈的诗嘛!"他说得对,只要和孩子在一起,妈妈总是平安幸福的。

32

死 亡

是我离开的时候了,妈妈,我要走了。

孤寂的清晨,天色还很昏暗朦胧的时候,你伸出双臂去抱床上的宝宝,我会说:"宝宝已经不在了!"——妈妈,我走了。

我将化作一阵清风温柔地环抱着你;我将化作水中的阵阵涟漪,在你沐浴的时候,一遍一遍地亲吻你。

起风的夜晚,大雨哗哗地打着树叶,你躺在床上也能听到我和你说着悄悄话;我的笑声也会和着闪电穿过敞开的窗户直冲到你的房间。

要是你躺在床上整夜失眠,思念你的宝贝,我会从星星上为你歌唱:"睡吧,妈妈,睡吧,我亲爱的妈妈。"

乘着一束迷离的月光,我会偷偷溜过你的床边,在你熟睡的时候,轻轻躺在你的胸前。

我会化作一场梦,穿过你微开的眼睑,悄悄滑进你深深的睡眠;当你惊醒过来,怔怔地望着四周,我就像一只轻快的萤火虫一闪而过,归于黑暗。

在面对恒河礼拜的盛大节日,附近的孩子都来玩耍,我会融入那长笛吹奏的乐曲,在你的心间回荡整日。

亲爱的姨妈会带给我礼拜节的礼物,她问:"姐姐,我们的小宝贝到哪里去了?"妈妈,你就温柔地告诉她:"他是我的眼珠,他就在我身上,他就在我心里。"

评 点

翻译这首诗,泪不可抑。刚刚还梦想着写信安慰妈妈的懂事的宝宝;憧憬着长大要做英雄保护妈妈的勇敢的宝宝;在家里调皮把吵闹声装满了房间的淘气的宝宝,顷刻之间,就像萤火虫一样一闪而过,轻快地回到新月之国,仿佛他从未到过这个世界。孩子的离世好像特别容易,他们几乎没有留下什么生活过的痕迹,但是对滞留在这个世界的家人却又特别困难,因为他们留下的回忆是那么多,那么独特,每个孩子都那么珍贵,因为他们是绝不可能被复制的,他们就是他们,从妈妈心里来,也只能到妈妈心里去。

33

召 唤

她走的那晚天很黑,大家都睡了。

现在夜又黑得深沉,我唤她:"回来吧,我亲爱的宝贝,全世界都睡着了,你要是回来一小会儿,没人会知道的,只有那星星还望着星星。"

她走的时候,杨柳依依,才是早春。

如今繁花似锦,我四处唤她:"回来吧,我的亲亲。孩子们随意地把花儿采来又抛去,要是你也来采一朵小花,没人会在意的。"

以前来玩的孩子们现在也玩得欢,生命对他们真是慷慨大方。

我听着他们喋喋细语,不禁一次次地唤你:"回来呀,我的宝贝!妈妈对你的爱积在心中快要溢出来了,你只要回来亲亲妈妈,没有人会怪你的。"

评 点

死亡不是结束,妈妈和宝宝的联系怎么可能有结束的地方?温柔的妈妈努力地克制着哀伤,她知道宝宝不会走远,她知道宝宝还是和她在一起,在她的眼睛里,在她的身上,在她的心里。但是臂弯的虚空,再也触不到宝宝温软的身体对妈妈来说是残酷的,看到别的宝宝,看到别的生命还是那么鲜活,妈妈怎么能忍住心里声声的切唤?

34

初开的茉莉

呵,这些茉莉,这些洁白的茉莉花!

我还记得当初我用双手捧着这些茉莉,这些洁白的茉莉花。

我爱那阳光、天空和绿色的大地;

我倾听过那河水在午夜的黑暗中潺潺地流过;

秋日的夕阳也曾在那荒原的小径转角处迎我,就像新娘为她的爱人掀起了面纱。

但我想起孩提时第一次捧在手里的白茉莉,心里充满甜蜜的回忆。

我的生活中还有许多快乐的时光,在节日宴会的晚上,我曾跟着说笑话的人大笑。

在雨天灰暗的早晨,我也曾吟咏那闲散的诗篇。

我也曾在黄昏把巴古拉木的花环佩戴在我的颈间,那是用充满爱意的双手编成。

但我的心中还是充满了甜蜜,一想起孩提时捧在手心的初开的洁白的茉莉。

评　点

新月集的最后几首诗好像是离别辞,诗中人有的是女人,也许是孩子的妈妈;有的是男人,也许是孩子的爸爸;有的就像是诗人自己。孩子的人世之旅结束了,他最先回到新月之国,其他人也没有留下的理由了,他们一一来和我们告别。还是一样的温婉,总是一致的隽永,那些印度式的意境和香气,对人世优美的理解和悠远的哲理。童年是新月集的主题,诗中人最后的回忆还是围绕着童年细述的,在新月集中,没有不美的记忆。

35

榕　树

噢，你这池塘边傻站着的蓬头榕树，你是不是早忘了我这个小小孩儿了？他曾像筑巢的小鸟一般在你的枝上嬉戏玩耍，又像小鸟一样离你而去了。

你还记得吗？他曾整日坐在窗前，呆望着你缠结的树根又伸展长入了地下，好奇难解。

女人们到池塘边来装满她们的水罐，你巨大的黑影在水中蜿蜒，好像睡神要从梦中挣扎醒来。

阳光在池塘的涟漪上跳舞，就像那日夜不停的金梭在编织金色的花毡。

在长满水草的岸边，两只小鸭在它们的影子上游来游去，小男孩儿一动不动地坐着，看着，想着。

他想化作一阵风，吹过你沙沙作响的树枝；他想变成你的影子，随着日头在水中越变越长；他想他是一只小鸟栖息在你最高的枝头；他想他是一只小鸭浮游在水草和树影之间。

评　点

　　这是我们最后一次在新月集中见到这棵老榕树，它的身影或隐或现，一直伴在孩子的左右，安详而稳健。池塘中的涟漪，水中的小鸭，他们也依依地带着惜别的深情，来和读者道别。再见了，水边的老榕树；再见了，汲水的妈妈；再见了，穿梭的日影；再见了，这如梦的人世。在永恒的新月之国，也许一切都是完美而和平的，但正是这些短暂而易逝的美使得人生显得尤为珍贵。

36

祝　福

祝福这小小的心灵，这洁白的灵魂，他为我们大地赢得天堂之吻。

他爱阳光，他也爱妈妈的脸庞。

他还没学会厌憎尘土，也没学会追逐金钱。

把他紧抱在心上，祝福他吧！

他降生到这充满十字路口的世上。

我不知道他是如何在人群中选中了你，走到你的门前，拉着你的手询问他的路。

他会跟随你，说着笑着，心中不存一丝疑虑。

不要辜负他的信任，引导他，祝福他吧！

把你的手放在他的头上，祈祷就算底下波涛凶险，但那天上的风终会鼓起他的风帆直送他到那和平的港湾。

就算你忙忙碌碌，也不要把他忘记，把他放在心上，祝福他吧！

评　点

　　在人世为人父母真是一件不容易的事情。上帝允我们生命的祝福，也给我们生活的重担。如何在人世的纷纷扰扰之间，人群的熙熙攘攘之中还能保有最初的感恩，找到正确的方向？孩子的小手会引导我们，而父母坚定的信念也是孩子的港湾。

37

礼　物

孩子，我要给你一件礼物，因为我们同在这尘世漂流。

我们的生活会各自一方，我们的爱也会被遗忘。

但我不会那么傻，希望我的礼物能买到你的心。

你是那么年轻，还有很长的路要走。我们给你的爱，你一饮而尽，转身就从我们身边跑开了。

你有自己的游戏，你有自己的玩伴。你没时间也想不到我们又有什么关系呢？

而我们老啦，我们有大把的时间来回味那过去的日子，把我们手中永失了的东西，在心里爱抚着。

大河湍流不息，一路高歌，冲开重重阻碍；而青山蔼蔼，他默默铭记、追随、守护着对大河的爱。

评　点

在《新月集》开始的时候，印度的风景和人物栩栩地在我们面前展开,婆娑的香蕉林、修长的槟榔树、弥漫的菠萝蜜的清香,我们看到穿着纱丽的女人,叮咚作响的手镯和踝环,在恒河边汲水的母亲,还有河边的渡船。到诗集尾声的部分,任何地方性的色彩都消隐了,取而代之的是更廓大、更普世的情怀。父母和孩子的心声渐渐合成一部宏大的爱的交响乐,回响在整个宇宙,从人世到幽冥之地,从地球到新月之国,它纤细时坚韧不断,高昂时激荡回旋,它如涓涓细流从诗人的笔端流出,流过亿万读者的心田,终于汇聚成深情的海洋,永远澎湃充溢在有爱的人间。

38

我的歌

我的孩子,我的歌将萦绕在你的身边,就像一双痴情的手臂。

我的歌将轻触你的前额,就像一个祝福的吻。

当你独自一人,我的歌将坐在你的身旁,在你的耳边喁喁细语;当你拥挤在那人群,我的歌将环护着你,使你超然物外。

我的歌是你梦的双翼,它能带着你的心去到那未知之域的边境。

当暗夜笼罩你的路,孩子,我的歌就是你头上那颗忠实的明星。

我的歌停留在你的眼瞳,它将引导你的视线直至那万物的核心。

当我的声音随我的死亡消歇,孩子,我的歌依然吟唱在你活泼泼的心底。

评 点

谁言寸草心，报得三春晖？春天的旭日为谁变得温暖？只为绿草茵茵。

如果我是诗人，我要对孩子说什么？如果我是母亲，我要为孩子做什么？

"我的歌"，这是诗人的礼物，是母亲的心声，"我的歌将萦绕在你的身边，就像一双痴情的手臂。"

新月集・召唤

新月集·榕树

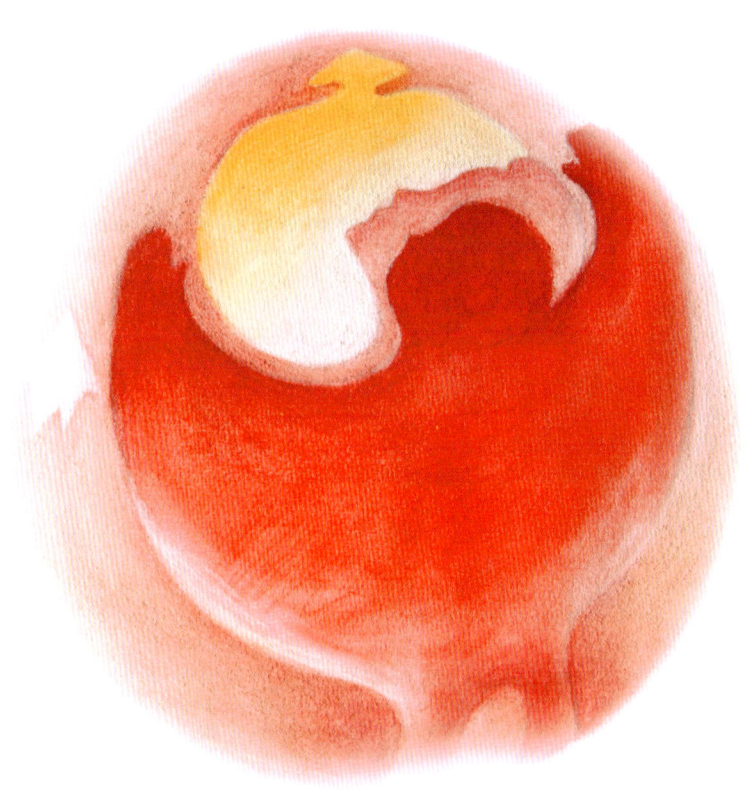

新月集·我的歌

新月集 · 最后的交易

仆人:请原谅您的仆人吧,我的女王!

清晨,我把网撒向大海

家鸟养在笼中,野鸟飞在森林

床边的夜灯燃尽,我伴着早起的鸟鸣醒来

39

孩子—天使

他们喧哗争斗,他们怀疑绝望,他们吵吵闹闹,永无宁日。

我的孩子,让你的生命到他们当中去,如一束镇定而纯洁之光,使他们愉悦而安静。

当他们贪婪、嫉妒,他们残酷无情,他们的话语像那嗜血的藏刃。

但是,去吧,孩子,站到他们那怒气冲冲的心中,把你那温柔的眼光落在他们身上,就像那夜晚的宽赦之安宁覆过白日的纷扰。

让他们看到你的面容,孩子,以此了解万物的意义;让他们爱你,因此而互相关爱。

来坐在那无限的胸怀中,我的孩子。当旭日东升,敞开、提升你的心如一朵盛开的花;当夕阳西下,低垂你的头,在寂静中完成一天的礼拜。

评　点

　　我不了解印度的哲学，但是爱的哲学必然是普世的哲学。上帝许他的独子为基督，他教导世人爱。在诗人眼中，人世的父母未尝没有上帝的情怀，他们把自己心爱的孩子奉献出来，为纷扰的人世带去和平与爱的启示。

40

最后的交易

清晨,我走在石板路上,大声吆喝:"谁来雇我呀!"
宝剑在手,国王乘着他的战车,直驶过来。
他亲携我手,高声宣布:"我要用我的权力雇佣你。"
但是他的权力算不了什么,国王也驾着战车离去。
日至正午,华宅幢幢皆大门紧闭。
我独自徘徊在蜿蜒的小径。
一位老者走来,带着他的满袋金银。
他思虑良久,终于开口说:"我要用我的金钱雇佣你。"
他一枚一枚点数着他的金币,但是我已转身离开。
黄昏来临,花园的篱笆上也开满了朵朵鲜花。
美丽的少女走来说:"我要用一个微笑雇佣你。"
她的微笑苍白无力,消失在泪水之中,她独自回到了黑暗中去。
阳光闪耀在沙粒之上,海浪恣意地涌来退去。

一个孩子坐在海滨,玩耍贝壳游戏。

他抬起头来,好像认识我,说:"我雇你不用什么东西。"

从那时起,在这个孩子的游戏中做成的交易,使我成为一个自由人。

评 点

权力、金钱和美貌并不像在诗歌中那样没有魅力,但是自由,孩子,那是永远也不能放弃的东西。

新月之光渐渐隐去,在成人世界的皓日之下,新月之国的记忆似乎变得模糊了,放下诗集,我们又要走入扰攘的人群。

但是,等等,在每个人的脸上,我们好像都能辨认出新月之国的痕迹。呵,是的,爱和被爱过的生命是一种祝福,新月的光辉将是永在的记忆,它会环护在我们身边,在我们爱他人,甚至不爱他人的时候,默默地指引,爱的方向。

园丁集

罗宾德拉纳特·泰戈尔

1915 年,献给 W.B. 叶芝

序

收入本书的大部分是关于爱与生命的诗歌,其创作时间均早于收入《吉檀迦利》的系列宗教诗歌。本书是从孟加拉语译为英文,译文稍作改动——有的地方略有缩减,有的地方以释义译出。

——罗宾德拉纳特·泰戈尔

1

仆人：请原谅您的仆人吧，我的女王！

女王：聚会已经结束，仆人们都已散去，你这么晚前来却为何事？

仆人：您已差遣了他人，现在正是我的时机，女王陛下，我来听候您的吩咐，您有什么剩余的工作要您最后的仆人去做？

女王：已经太晚了，你还期望什么呢？

仆人：请让我在您的花园做一名园丁吧。

女王：这是什么愚蠢的念头？

仆人：我要放弃所有其他的工作；我要把我的利剑和长矛都掷于尘土；不要派遣我去那遥远的宫廷；也不要命令我去征服新的土地。只求您让我做花园里的园丁。

女王：你的职责是什么？

仆人：我将服侍您闲暇的时光。

我要照料您晨间漫步的草径，让它保持青葱鲜嫩，每当您的芳足轻踏其上，朵朵鲜花将欣然赴死以称颂来迎候您的双足。

我要在那七叶树的树枝上为您架好秋千，当我推送您在秋千上悠闲地轻荡时,那初升的明月也要争着从叶隙亲吻您的裙裾。

我要为您床边的夜灯添加香油,还要以檀香和藏红花膏绘制绝美的图案来装饰您的脚凳。

女王:你想得到什么赏赐?

仆人:只求您允许我轻轻握住您菡萏般纤细的拳头,让那鲜花手链悄悄滑上您的柔腕;允许我用无忧花瓣鲜红的汁液轻染您的足底,并用亲吻来拂去那里偶然沾上的尘埃。

女王:你的请求得到了恩准,我的仆人,你将会是我花园里的园丁。

评 点

闲聊的时候,朋友说她最喜欢的中国词是"马放南山"。真是难为她。和平、自由而奔放的骏马,那就是诗人的梦想吧。

许多人因为不同的理由喜欢泰戈尔的诗,有爱其清新;有爱其深沉;有爱其淳朴;有爱其绚烂,总之,他们爱泰戈尔是因为他的诗美,体贴人性。

其实泰戈尔是生活在大时代的诗人,当时印度还在争取独立，整个东方文化都受到当时扩张势头正劲的西方文化的侵略，泰戈尔本人一生都关注印度的独立和亚洲文化的处境。泰戈尔在哈佛的演讲特意指出西方文化和东方文化相互学习的重要性，但在当时的美国并未得到足够的重视。

和泰戈尔同时代的徐志摩似乎也多少被误读为只关风月的诗人，走在查尔斯河畔，突然意识到"悄悄地我走了，正如我悄悄地来"也许并不是没有家国之思的。作为一个颓靡大国的小民，在西方文化中心的痛切之感，在志摩和泰戈尔是一样的。但是和他们时代的许多革命诗人不一样，志摩和泰戈尔都坚定地选择了"美"作为诗歌的第一和终极的标准，这也是为什么他们拥有更多的读者的缘故吧。

在大时代，诗人的岗位是什么呢？"请让我在您的花园做一名园丁吧"。在文明摇摇欲坠，在生命被轻贱、战火在燃烧，在整个民族呐喊着寻求革命的时候，"请让我在您的花园做一名园丁吧"。这样，当战斗的激情褪去，当战场的硝烟散尽，人们就可以在您的花园看到和平之美、文明之美、人性之美，人们就可以知道他们战斗的理由和目标，人们才可能找到灵魂的方向。

感之既深，得之既痛，而能出之为美，是诗的灵魂。

在哈佛的费正清中心，我碰到印度姑娘蕾雅，我们坐在一张小小的圆桌旁等待鲍斯教授的大师课堂，当天的题目是"泰戈尔的音乐及其后期创作"。我们很新奇地打量对方，她问我为什么要来听有关泰戈尔的讲座，我说我是一个从十三岁就阅读泰戈尔的中国读者，我正在翻译《园丁集》。蕾雅大大的黑眼睛闪烁着惊奇，她说她来自印度的中部，从两三岁起父母就读泰戈尔的诗哄她睡觉。我邀请蕾雅和我一起来做泰戈尔诗集的点评，她很兴奋会有中国读者，于是我们就有了这些不一样的点评。

蕾雅：为什么这个仆人一开始就要道歉，他做错了什么吗？还是这个女王是个暴君？

我：他道歉是因为他迟到了，当然也许女王也是一个暴君。诗人不是战士，他为自己不能参加战斗，不能参加重要的"聚会"而道歉；女王就像那人类的命运主宰，她有的时候真的可以很残酷。

蕾雅：仆人谦卑地承认他"是最后的仆人"，并要为女王去完成"剩余的工作"。

我：是的，我猜诗人的工作也许是大时代"剩余的工作"，却是为和平和美好的时代做的准备工作。

蕾雅："请让我在您的花园做一名园丁吧，"多美的诗句！很少有人会愿意做这么简朴的工作。"我将服侍您闲暇的时光。"我爱这句话。当人们闲暇的时候，他们无忧无虑，他们没有必须要干的工作，但是这个忠心的仆人却说他要为女王闲暇的时光服务，他多爱他的女王！

我：诗人和他的人民，是的，他爱他们，爱得深沉。

2

"呵,诗人,黄昏将近,你的头发已经花白。

在你孤独的沉思中,你可曾听说那身后的消息?"

"天已向晚,我在倾听。"诗人说:"因为就算再晚,也许村子里也会有人召唤我。

如果那年轻而迷惘的心灵能相遇,两双热切的眼睛渴望着音乐来打破沉寂,为他们代言,我要为他们守候。

如果我枯坐在生命之河的岸边,思索那死亡和身后的问题,谁来为他们创作激情的诗歌呢?"

"早现的晚星已经消隐。

沉静的河岸旁,葬礼的火堆渐渐熄灭。

惨白的月光下,群狼在荒宅的院子里嚎叫。

如果有游子离家,到这里守夜,低垂着头倾听暗夜的低语,如果我关上大门,只顾试图摆脱那死的羁绊,谁又能在他的耳边低述那生的秘密?"

"我的头发变白根本无关紧要。

我永远和这村里最年轻的人一样年轻,最年老的人一样年老。

有的人面带微笑，甜蜜而单纯，有的人眼中闪烁着狡黠。

有的人在白天嚎啕大哭，有的人在暗夜忍泪吞声。

他们都需要我，我没有时间去冥想来生。

我和他们每个人都是相同的年纪，我的头发变白又有什么关系？"

评　点

子曰："未知生，焉知死？"

子在川上曰："逝者如斯夫？不舍昼夜。"

夫子就是这样前言不搭后语。诗人也是一样。诗人说《园丁集》是一个有关"爱与生命"的诗集，在诗集的头两首诗中，诗人还在思考自己的身份。

"我是谁？"哈姆雷特式的提问，

"一个诗人。"

"你的职责是什么？"女王式的提问，

"守候我爱的人。"我猜这也许是这首诗中头发斑白的诗人的回答。

他也许理解夫子的用心吧,"未能事人,焉能事鬼?"

在这如川般不息的人世,总要有人来守候爱,他们都是诗人。

蕾雅:对人生的体悟和表述是诗人和人世的纽带。

我:是的,没有了人世的关照和体贴,诗人不能成为诗人。

蕾雅:"我和他们每个人都是相同的年纪,我的头发变白又有什么关系?"诗人不属于任何时代,因为他属于每一个时代。他的工作就是揭示生活本身,让人们看到他们的过去、现在和未来。

3

清晨,我把网撒向大海。

我从幽暗的海洋深处打捞上来这些奇特而美丽的物品——有的闪耀一如微笑,有的闪烁犹如泪珠,有的晕红得像新娘的双颊。

我带着一天的收获回到家里,我的爱人坐在花园里,悠闲地扯着花叶。

我犹豫片刻,把我打捞的东西全都放在她的脚边,站立在一旁,沉默无语。

她瞥了一眼说:"这都是些什么奇怪的东西?我不知道他们有什么用处!"

我羞愧地低下了头,心想:"这些都不是我挣来的,也不是我从市集买来的,他们可不是合适她的礼物。"

我花了整夜工夫,把他们一件一件抛掷在街头。

早晨,行人们走来把他们捡起,带到遥远的国度。

评 点

谁能告诉我这谜一样的诗究竟是什么意思？那老实勤恳的渔夫要在深沉的大海打捞什么？那悠闲挑剔的爱人期待情人送给她什么礼物？倒是那些从人海中来，又到人群中去的奇异而美好的东西——那些微笑、泪光和晕红，它们是人世的珍宝。我爱想象那受挫的情人把海上带来的奇特礼物一件件轻放在小镇的路边，他既失望爱人浪掷了他的情意，又默默地眷怀着对人群的期冀。

蕾雅：泰戈尔在他的诗中使用了很多"新娘"的意象，读者可以随自己的意愿去想象每一个新娘都象征着什么。情人的礼物，年轻人个性的不同方面，他的生活、他的爱情是否随着他的礼物被带到了世界的不同地方？

我：或者我们沿用第一首诗的隐喻，把诗人看作文明的祭司，那也可能是不同文明的不同形态，被不同的人群珍视，又被流动的人群传播？

蕾雅：或者真是诗人自喻，他就像那勤恳的渔夫，在文学的海洋中打捞出这些"有关爱与生命"的诗歌，也许他和爱人开一个小小的玩笑，虽然他把诗歌奉献给他的爱人，可在他的内心深处，时时感怀的还是那熙攘的人群。

我：做人是否都应该像做诗人？在晨曦初起的时候，悄悄地放自己的灵魂去浩渺的大海深深地呼吸，静静地看它从性灵深处打捞出来那些奇特而美丽的东西，诗人可以把它写成一首首隽永的小诗，我们可以为心灵淡淡地掩藏。

蕾雅：我爱泰戈尔诗中的色彩、香味和触感。海上的晨曦、海水微微的咸味、粼粼的波光、花园的清香、撒落的花瓣、深夜街头清晰的足音，在一首小诗里浓淡有致地先后出现，真是很美。

我：嗯，我尤爱他在海上深深地望向幽暗的海底，充满惊奇地期待他的收获：好亲切的一个意象。他并不以无所不知的上帝自居，当他要探究人心中深藏的情感的时候，充满了孩童般的好奇，却又自然地生产了敬畏之心，我们也怀着这样的心情来展读这部诗集，来体味爱、感受生命吧。

4

唉,可怜的我啊,他们为何把我的屋子建在去集市的路边?

人们把满载的船只拴在我的树上。

他们随意来去,四处闲逛。

我却只能闲坐一旁,看着他们,我的时间都浪费了。

把他们抛开不管我可做不到。我的日子就这样过去了。

日日夜夜,他们的脚步在我的门前响起。

我徒劳地叫嚷:"我不认识你们。"

他们中有的人是我的指尖所曾碰触,我也熟悉有的人的气息,有的人和我血脉相连,有的人曾出现在我的梦里。

把他们抛开不管我可做不到。我叫他们说:"谁想进来就进来吧,是的,请到我的家里来。"

清晨,庙宇的钟声敲响。

人们挎着篮子来了。

他们的双足玫瑰般绯红。晨曦映照在他们的脸上。

把他们抛开不管我可做不到。我叫他们说:"到我的花园里采摘鲜花吧。来吧,就在这里。"

时至正午，宫殿大门的铜锣响起。

我不知道人们为何放下活计在我的篱畔流连。

他们头发上的花朵褪色枯萎了；他们的长笛吹奏的乐曲也疲惫无力。

把他们抛开不管我可做不到。我叫他们说："我家的大树浓荫清凉。来吧，请进，我的朋友。"

夜晚降临，蟋蟀在树林里啁啾唧唧。

是谁慢慢走到了我的门前，轻轻地敲门？

我看不清他的面容，他一言不发，环绕着我们的是一样沉静的寂寂天空。

拒绝我沉默的客人我可做不到。在黑暗中我凝视着他的面容，梦幻的时间就这样一去不返。

评　点

和上首诗一样，这首诗也像是《吉檀迦利》献诗的序曲，它不像献诗那样充满神性和性灵的启示，但诗中人对人世的温情、普世的情怀却还保持着一些距离，这个生活在闹市中的"我"虽然不能拒绝他的邻人，虽然他不像中国诗人那样追求"心远地自偏",但他却在质疑,他怀疑自己的行为和情感,他内心里期待着一个不一样的访客,我想,他在等待他的命运。

蕾雅:每一节诗中都有不同的"他们"来到诗人门前,诗人不能对他们说"不",相反,他总是邀请他们。最后一节中的"沉默的客人"也许是睡眠,也许是死亡,他终于来到诗人的门前,当然,诗人也不能对他说"不"。

5

我坐卧不宁。渴望着那遥不可及的东西。

我的灵魂在热望中游离,渴慕着触到那幽微遥远的边境。

噢,伟大的超越所在,噢,你的长笛热切的召唤!

我忘了,我也永远都不愿想起,我没有飞翔的双翼,我被无望地羁绊在此地。

我切望而又清醒,我是这陌生土地上的异乡人。

是你的气息吹拂过来,带给我这绝不可能的期冀。

你的语言早已熟知我心,因为你正说着它的话语。

噢,不可知之地,噢,你的长笛热切的召唤!

我忘了,我也永远都不愿想起,我不知道路径,我也没有飞马可骑。

我冷漠厌倦,因为我的心飘荡难停。

在那令人倦怠的烈日蒸氤之中,你廓大的幻象在天空的蔚蓝中显现!

噢，终极的至远之地，噢，你的长笛热切的召唤！

我忘了，我也永远都不愿想起，我独居的房屋每一扇大门都紧紧锁闭！

评　点

生活在别处。

思想者是大地上的异乡人。

在上一首诗中淡淡的疏离突然变作了热切的焦灼，"愿奴肋下生双翼，随花飞到天尽头。"逃离人世的欲望是一种超验的热情，个人性灵的基本体验。泰戈尔曾说："人类的自我，是宇宙的主宰也不能管领的唯一的东西，它是完全自由的……上帝放弃人的心的支配权。"多么骄傲！这是我不能皈依宗教的原因，我要保有人的骄傲，任它层层的大门紧闭，任它重重的羁绊，我自有我为人的骄傲，心的自由。

蕾雅：我觉得这首诗体现了一种普在的情绪。人们切望去体验、去探索，他们的心引导着他们，但同时他们又觉得有什么东西羁绊着他们，也许是他们的过去，也许是现实不允许，或是别的什么，总之，一方面没法行动，另一方面却满心地渴望着。我倒觉得这是很宗教的情感呢。

我：蕾雅，你真是个诗人。

艾米利·迪金森有一首小诗和这首诗很像，但是两个诗人的境况不同，读起来又是一种心境了。

I NEVER hear the word "escape"
每当我听到"逃走"一词
Without a quicker blood,
血流总是突然加快，
A sudden expectation,
陡然企望，
A flying attitude.
飞的姿态。
I never hear of prisons broad
我从未听说无所不在的牢笼
By soldiers battered down,
能为士兵砸开，

But I tug childish at my bars,—

我仍稚气地撼动铁窗——

Only to fail again!

只能是又一次失败。

6

家鸟养在笼中,野鸟飞在森林。

时间到了,他们相遇,这是命中注定。

野鸟清唤:"噢,我的爱,让我们比翼飞入林间。"

家鸟呢哝:"来吧,来我这里,让我们共同栖于笼中。"

野鸟说:"在栅栏之中,还有什么空间可以伸展双翅?"

"唉,"家鸟轻叹:"我可不知道在空中如何停歇。"

野鸟呼唤:"亲爱的,我们来唱森林之歌吧。"

家鸟却说:"坐在我身边,我来教你博雅的谈吐。"

野鸟叫道:"不,哦不!歌曲从来不是被教会的。"

家鸟却说:"可惜我根本不会森林之歌。"

越是渴慕,他们的爱情越是炽热,可是他们却永远不能比翼齐飞。

隔着笼子的栅栏,他们脉脉相对,可是他们要想相互理解却是白费力气。

在热爱中他们鼓动双翼,双双高唱:"来呀,我的爱,请靠得更近!"

野鸟叫道:"这可不行,我惧怕那笼子紧闭的大门。"

家鸟喟叹:"唉,可我的双翅僵硬又无力。"

评 点

爱情与自由,迷人的主题。

当爱情来临的时候,才赫然发现心的桎梏,那软弱的家鸟是否宁愿永远没有爱上野鸟的天空?哦,不。当野鸟在旷野翱翔,藉着爱人的双眼,家鸟也体验了真正的飞翔。

7

噢,妈妈,年轻的王子要路过我家大门——今天早晨我哪有心思干活呢?

教我怎么梳好发辫,告诉我该穿哪套衣衫。

干嘛那么吃惊地望着我,妈妈?

我知道他不会抬头望一眼我的窗户;我知道只是一刹那的工夫他便会走出我的视线,只有那渐行渐远的长笛的乐曲会从远处对我呜咽。

但是年轻的王子就要走过我家大门,在那一刻我一定要穿上最美的衣裳。

噢,妈妈,年轻的王子真的走过了我家大门,清晨的阳光闪耀在他的华车上。

我轻轻掀开了脸上的面纱,我把脖子上的红宝石项链扯下来掷到他的路上。

干嘛那么惊讶地望着我,妈妈?

我知道他没有捡起我的项链;我知道他的车轮把我的项链

碾碎，只在尘土上留下了一点红斑，没有人知道我的礼物，也没人知道这礼物是给谁的。

但是年轻的王子真的走过了我家大门，而我真的把自己胸前的珠宝掷到了他的路上。

评　点

我真的很烦那些年轻的时候什么都不迷的人。怎么可以什么都不爱呢？明星也好，王子也好，或者风度翩翩的英语老师？呵呵。黛玉说："人人都笑我有些痴病，难道还有一个痴子不成？"果然就还有一个痴子爱她。人若没有三分痴气，做什么都是利益至上，那就连丘比特的箭也射不透他层层茧封的心。

8

床边的夜灯燃尽,我伴着早起的鸟鸣醒来。

新鲜的花环拢在我蓬松的秀发,我坐在轻启的窗前。

环绕着晨曦中玫瑰色的光晕,年轻的游子沿着大路走来。

珍珠的项链在他的项上,阳光闪耀在他的皇冠。他停留在我的门前,热切地问我:"她在哪里?"

又羞又惭,我不能说:"她就是我,年轻的游子,她就是我。"

日近黄昏,油灯还未点燃。

我漫不经心地编着我的发辫。

在落日的光辉中,年轻的游子驾着马车来了。

他的骏马嘴里喷着白沫,他的长袍也蒙上了风尘。

他突然停在我的门前,疲惫地询问:"她在哪里?"

又羞又惭,我不能说:"她就是我,愁倦的游子,她就是我。"

四月的夜晚,油灯点亮在我的房间。

南风轻柔地吹拂着,爱吵闹的鹦鹉也在它的鸟笼里睡着了。

我的胸衣如孔雀的颈羽一样华彩焕然,我的纱丽如嫩草一般青葱。

我独坐在窗边的地上,望着那空空荡荡的街道。

漫漫长夜,我不住地低吟:"她就是我,失望的游子,她就是我。"

评 点

谁没有在四月的长夜突然惊醒,霍然醒悟那失却的爱情?那些隐隐作痛的思念,那些缠绵难解的悔恨,*what if? what if?*

蕾雅:为什么她的爱人不认识她?她为什么变了?她变得这么厉害,连爱人也认不出来,她心里深深羞惭,虽然她不能向爱人倾诉,甚至不能说明自己的身份,但她还是爱着他,等着他,多么奇特的爱情。

我:蕾雅,如果你爱了,就知道了。

9

夜里我独自去赴爱的幽会,鸟也不唱,风也不响,路边的房屋悄悄伫立。

只有我的脚铃每踏一步都叮叮咚咚吵个不停,使我羞怯。

我坐在阳台静听他的足音,树叶也不簌簌,流水也不潺潺,就像那尖刀悄悄躺在熟睡的哨兵的膝上。

只有我的心怦怦地狂跳——我不知道如何让它悄声。

当我的爱人走来坐在我的身边,我的身体轻颤,我的眼睫轻敛,夜也黑得沉静,风也吹灭了夜灯,就连云朵也用轻纱遮盖了星星的眼睛。

可是我胸前的珠宝却闪闪发光,我不知道如何将它掩藏。

评 点

那些初恋时的心情!

10

放下你手上的活计,新娘。听,客人已经来临。

难道你没听见他在轻轻摇动门上的锁链?

要留心别让你的脚铃声太响,去迎他的脚步也不要太慌张。

放下你手上的活计,新娘,客人已在夜晚来临。

不,那不是幽灵的阴风,新娘,不用受惊。

这是四月夜晚的满月;院落里的影子黯淡;天空一片澄净。

若是你觉得需要,就戴上面纱遮挡你的容颜,如果害怕就带上灯去开门。

不,那不是幽灵的阴风,新娘,不用受惊。

如果害羞就不要和他交谈,见到他时就站立在门边。

他若问你问题,要是你愿意,就沉默地垂下你的眼睛。

当你手中持烛带他进来的时候,留心别让你的手镯发出叮叮咚咚的声音。

如果害羞的话就不要和他交谈。

要是你忙着装满你的水罐,来吧,噢,来我的湖边

我像一只麝鹿在森林的暗影中狂奔,为自己的香味发狂

姐妹俩去取水,每次走到这里她们就笑了

日复一日,他来了又走开

到我们这里来吧,年轻人,老实告诉我们,为什么你的眼中充满了疯狂

你是一朵晚云,飘浮在我梦境的天空

告诉我这些都是真的吗,我的爱人,告诉我这是真的

可人儿,把你用鲜花编织的花环戴在我的项上,好吗

你的活计还没有完成吗？新娘。听，客人已经来临。

你还没有把牛舍里的灯点起来么？你还没有把晚祷的供篮准备好么？你还没有在发缝中涂上鲜红的吉祥点，你还没有理过晚妆么？

噢，新娘，难道你没听见，客人已经来临？

快放下你手上的活计！

评　点

好奇怪的诗啊，在印度，这个新娘要干的活儿也太多了！为什么她害怕阴风？我真的没法想象她的处境，不过好像她会嫁给一个素未谋面的男人，这在东方文化中并不罕见，如果人类基因会有文化的记忆，那么东方女性的基因中是否还带有那惴惴不安的新娘的忧惧，它是否会让我们在爱情面前裹足不前？

11

就这样来吧,别再为了梳妆迟延。

就算你的发辫松散,就算你的发缝不直,就算你的衣带没有系好,也不要在意。

就这样来吧,别再为了梳妆迟延。

来吧,快步走过草地。

就算你脚上染成的赭红因露水褪色,就算你的脚铃松褪,就算珍珠从你的项链上脱落,也不要在意。

快快走过那草地。

你看到了吗?乌云席卷了天空。

一群群的白鹤从河的对岸飞起,一阵阵的狂风卷过荒地。

惊慌的牛群跑回村里的牛舍。

你看到那乌云席卷了天空吗?

徒然你想点燃化妆的油灯——它闪闪烁烁熄灭在风中。

谁能看出你的眼睫没有涂上烟熏妆点?你的双眼比那乌云还黑。

徒然你想点燃化妆的油灯——它熄灭在风中。

就这样来吧,别再为了梳妆迟延。
谁会在意花环没有编好,手链有没有系牢。
乌云席卷了天空——天色已晚。
就这样来吧,别再为了梳妆迟延。

评 点

泰戈尔的诗中有一些基本意象:自然、女郎和诗人。每个读者都有自己的解读,这正是诗的美。我徒然地尝试着点评,心中惶恐,希望诗人和读者都要原谅我,译者是拙劣的桥梁,点评也是,但总有些优美的心灵藉着这粗劣的介质达到诗本身的美,那就权作原谅我的理由吧。

在园丁集中,总有一个声音在催促着女郎,"女郎,你的命运在等待,不要再迟延",时间只是会死的人类创制出来计量生命的单位。

蕾雅：诗中人只是一味地催促女郎，让她什么也别管，不知道为什么，好像最重要就是她要快，而且一定要来。

我："就这样来吧"，多好。命运和真挚的爱人一样，去见他不需要任何矫饰。

12

要是你忙着装满你的水罐,来吧,噢,来我的湖边。

湖水环绕你的脚边,涟漪喋喋细述它的秘密。

沙滩上映照着将至的雨云的阴影,树林黛蓝的轮廓边缘浮动着低低的雨云,就像你眉睫上浓密的秀发。

我清楚你足音的节拍,他们敲响在我的心间。

来吧,噢,来我的湖边,如果你要装满你的水罐。

如果你只想懒散闲坐,让你的水罐漂在水面,来吧,噢,来我的湖边。

绿茸茸的草坡青葱怡人,缤纷的野花数不胜数。

你的思绪将轻逸出你深邃的双眸,就像小鸟离巢。

你的面纱将轻褪至你的脚边。

来吧,噢,来我的湖边,如果你只想闲坐片刻。

如果你不想游戏只想跃入水中,来吧,噢,来我的湖边。

把你蓝色的披风扔在岸边,蓝色的湖水会将你遮掩。

水波会踮着脚尖亲吻你的颈项,在你的耳边轻轻呢喃。
来吧,噢,来我的湖边,如果你想要跃入水间。

如果你一定要疯狂赴死,来吧,噢,来我的湖边。
它深不可测,清冽可人。
它深沉幽暗,就像无梦的睡眠。
白昼和黑夜在它的深处融为一体,歌曲也寂寂无声。
来吧,噢,来我的湖边,如果你想遽然赴死。

评　点

生命在呼唤。

学习、工作、嬉戏、休息和死亡,诗人把生命比作博大、深邃的湖泊,它不仅提供生活所需的一切,它还深深地珍爱每一个个人。在泰戈尔的哲学中,人和人不是相互阻隔的,无数个体的生命连接成一个浩瀚的宇宙,他们相互关联,以爱为沟通,爱生命、爱他人、爱自然、爱美。

志摩死后,梁遇春写了一篇很短的文章纪念他,如果志摩看到,当引为知己:"三年前,在上海的时候,有一天晚上,他拿着一根纸烟向一位朋友点燃的纸烟取火,他说道:'Kissing the fire',这句话真可以代表他对于人生的态度。人世的经验好比是一团火,许多人都是敬鬼神而远之,隔江观火,拿出冷酷的心境去估量一切,不敢投身到轰轰烈烈的火焰里去,因此过个暗淡的生活,简直没有一点的光辉,数十年的光阴就在计算怎么样才会不上当里面消逝去了,结果上了个大当。他却肯亲自吻着这团生龙活虎般的烈火,火光一照,化腐臭为神奇,遍地开满了春花,难怪他天天惊异着,难怪他的眼睛跟希腊雕像的眼睛相似,希腊人的生活就是像他这样吻着人生的火,歌唱出人生的神奇。"

"来吧,噢,来我的湖边,"来充分地生活,真实地爱恋。

蕾雅:女人和水好像有天然的联系。

我:"女人是水做的"嘛,你有没有听过?

蕾雅:没有,是谁说的,好清新的一句话,这个人悟性真好!

我:呵呵,宝哥哥嘛,当然。

蕾雅:我正在读《觉醒》,艾琳娜一直在学游泳,好像她在水里越能控制自己的身体,她的心也一点点地醒过来了。

我：蕾雅，你真让人惊叹。水让女人觉得自由，同时还能同情地掩藏她的身体，会温柔地托负着她，也可以不着痕迹地把她吞噬。你知道艾琳娜要死在水里吧。

蕾雅：嗯，女人要是觉醒了，是不是只有死路一条？

我：……

13

我别无所求,只要悄悄地站在林边树后。

夜的倦怠还流连在清晨的双眸,露珠漂浮在空中。

潮湿的草地上氤氲着一层薄薄的水雾,嗅起来懒洋洋的。

你在榕树下挤牛奶,你的手温柔清新像新鲜的奶油。

我悄悄站在一旁。

我什么也没说。是小鸟躲在灌木丛中唱个不停。

芒果树的花朵掉落在乡村的小路上,引得蜜蜂嗡嗡地飞来了一只又一只。

水塘边湿婆神庙的大门打开了,香客们开始吟唱颂歌。

你把奶罐放在膝上挤牛奶,

我只捧着空空的盒子呆呆站立。

我没有靠近你。

寺庙的锣声敲醒了天空。

牛群赶过,大路上扬起了尘土。

女人们从河边汲水归来,胯上的水罐汩汩作响。

你的手链叮咚,牛奶的泡沫溢出了奶罐。

晨光渐逝,我却没有靠近你。

评　点

文章动人贵在细节真实,在这样一首小诗中,我们看到清晨的薄雾、芒果树的繁花、湿婆的神庙、汲水的妇人、挤牛奶的姑娘;听到嗡嗡的蜜蜂、歌唱的小鸟、晨祷的锣声、钏镯的叮咚、水罐汩汩;闻到懒洋洋的水雾、寺庙的焚香、牛奶的清香。我们没有看到年青人痴恋的目光,没有听到怦怦的心跳,没有闻到爱人的发香。这个沉默的年青人,他心里的话说得那么响亮,挤牛奶的姑娘,她听见了吗?

14

正午已过，竹枝簌簌悄吟风中，我依然踯躅在路旁，我不知道这是为何？

横斜的影子伸出长长的手臂紧紧攥住流光的双足。

杜鹃鸟都唱得倦了。

我依然踯躅在路旁，我不知道这是为何。

低垂的树荫掩映着水边的小屋。

有人正忙着干活，她的钏镯在角落奏出悦耳的乐音。

我伫立在小屋前，我不知道这是为何。

狭窄蜿蜒的小路穿过一片片芥菜地，一片片芒果林。

穿过村中的神庙，穿过河边渡头的市集。

我停留在小屋边，我不知道这是为何。

几年前三月的一天，和风习习，春日倦怠地细语，芒果花坠落尘埃。

水花轻溅，拍打着码头石阶上的铜壶。

我回想着三月和风习习的那日，我不知道这是为何。

阴影渐深，牛群回转牛栏。

孤零零的牧场上日光晦暗，村民们在岸边等着渡船。

我慢慢回转我的脚步，我不知道这是为何。

评　点

伤春惜别原是中国诗歌的老题目了。

"去年花里逢君别，今日花开又一年。世事茫茫难自料，春愁黯黯独成眠。"

"去年元夜时，花市灯如昼。月上柳梢头，人约黄昏后。今年元夜时，花与灯依旧。不见去年人，泪湿春衫袖。"

"去年今日此门中，人面桃花相映红。人面不知何处去，桃花依旧笑春风。"

这些都是小时候读熟的诗句，和泰戈尔这首诗放在一起，觉得很有意思，好像中国古代的书生们很难把握自己的命运，他们对踏春时遇到的姑娘念念不忘，可也从来没想过要再次见到她，只是随着命运把自己带到哪里就留在那里自伤自怨。这也难怪，婚姻既是由家长安排，读书人的目标又是要做官，做官就是游宦了，怎么知道自己明年会在哪里，那些一面之缘的姑娘当然就只能是伤春的一个引子罢了。所谓伤春，伤的是自己的青春，想想一个人年轻的时候，既不能尽情去爱一个美丽的姑娘，又不能决定自己的事业和生活方式，当真是好惨。

这首诗中的年轻人，为了几年前春日河岸边见到的一个姑娘，每天走很远的路来看她，他用双脚走出了一条小径，"穿过一片片芥菜地，一片片芒果林。穿过村中的神庙，穿过河边渡头的市集"，最后来到了姑娘的小屋前。他别无所求，只是呆呆地站在屋外，听姑娘钏镯的叮咚，看姑娘干活的倩影，直到夕阳西下，他又悄悄地走开。缠绵情致多么动人，人一生之中可以这样至情任性而为的，能有几时；人世之中，能这样深情而婉致的，又有几个？

15

我像一只麝鹿在森林的暗影中狂奔,为自己的香味发狂。

那是五月中旬的夜晚,吹拂着南方的微风。

我迷失了道路,四处徘徊,我追寻我得不到的,我得到的却非我所求。

从我心深处生出我的愿望之影,它翩翩起舞。

闪烁的影像一掠而过。

我想要牢牢地抓住它,它却躲开我,把我引向歧途。

我追寻我得不到的,我得到的却非我所求。

评 点

"行迈靡靡,中心如醉。知我者,谓我心忧;不知我者,谓我何求。"

16

　　手牵着手，眼睛凝望着眼睛：我们的心灵就这样开始记忆。

　　那是三月夜晚的月光，凤仙花的香气弥漫在空中，我的长笛被遗忘在地上，你的花环也没有编成。

　　你和我的爱情单纯美好就像一支歌。

　　你番红花色的面纱使我的双眼如醉。

　　你为我编织的茉莉花环像赞美一样令我心振颤。

　　这是一场给予和保留的游戏，若隐若现，有微笑也有小小的害羞，还有一些甜蜜而无用的挣扎。

　　你和我的爱情单纯美好就像一支歌。

　　现实之外没有秘密，也不努力争取不可能的东西，魅力身后并无阴影，也不用在黑暗中苦苦探索。

　　你和我的爱情单纯美好就像一支歌。

　　我们并不游离词外陷入沉默；我们也不高举双手向虚空妄求得不到的东西。

　　我们付出，我们获得，这就够了。

　　我们不曾过度地追求欢乐以致痛苦的酒汁从中渗出。

你和我的爱情单纯美好就像一支歌。

评 点

英文中往往用"relationship"来指两个人之间的爱情,因为爱情不仅是一时之间模糊的感觉,它需得两个人深情地经营,建立长久而稳固的关系。其实人世间最复杂难解的,不过人心,要倾心以对,谈何容易,单纯美好的爱情就像一支歌,当它唱起来的时候,人人都觉得美,要做出这支歌来,真得有些天赋才行。

17

黄色的小鸟在枝头歌唱，使我的心也欢快地起舞。

我们住在同一个村庄，那是我们的一份快乐。

她的一双小羊羔跑到我们花园的树荫下吃草。

如果它们误跑到我们的大麦地里，我就把它们抱在怀里。

我们的村庄名叫康遮那，人们管我们的小河叫安遮那。

全村人都知道我的名字，她的名字是软遮那。

我们两家只隔着一块田地。

在我家林里筑巢的蜜蜂飞到他们林中去采蜜。

他们渡头台阶上生长的花朵飘落在我们戏水的小溪。

一篮篮的干红花从他们的田地送到我们的市集。

我们的村庄名叫康遮那，人们管我们的小河叫安遮那。

全村人都知道我的名字，她的名字是软遮那。

蜿蜒通向他们房屋的小路在春天弥漫着芒果花的芬芳。

他们的亚麻籽成熟的时节，我们地里的苎麻花正在盛放。

他们茅屋上空微笑的星星也冲我们眨着眼睛。

灌满了他们水箱的雨水也浇灌着我们的迦昙木森林。

我们的村庄名叫康遮那,人们管我们的小河叫安遮那。

全村人都知道我的名字,她的名字是软遮那。

评 点

和前一首诗一样,这是一个两小无猜的单纯的爱情故事,只是第一首道理讲得多,这一首却只讲感情。温柔、甜美、贴心而单纯,如果说人间也有天堂,那必定有不同的风景,但心情却相似,和爱人一起在塞外牧羊也好,或是在康遮那听热带的雨水浇灌迦昙木森林,"最美的不是下雨天 是曾与你躲过雨的屋檐。"

18

　　姐妹俩去取水，每次走到这里她们就笑了。

　　她们一定知道，每次她们去取水的时候，都有人悄悄站在树后。

　　姐妹俩走到这里总要悄悄咬咬耳朵。

　　她们一定猜到这个秘密，每次她们去取水的时候，都有人悄悄站在树后。

　　每次走到这里，她们的水罐突然倾倒，清水洒了一地。

　　她们一定发现了有人的心在狂跳，每次她们去取水的时候，他都悄悄站在树后。

　　每次走到这里，姐妹俩都要相视而笑。

　　咯咯的笑声伴着她们轻盈的脚步弄得人神思撩乱，每次她们去取水的时候，他都悄悄站在树后。

　　评　点

　　两个人的故事固然好，三个人的故事也许更有趣。年龄相当、相貌相若的姐妹真是让人好不烦恼，特别是她们咯咯娇笑，明眸流转,还真是让人心神缭乱。不知道树后面的人,究竟喜欢的是哪一个?

19

腰间挎着装得满满的水罐,你走在河边的小道上。

为什么你飞快地转过脸来,透过你轻颤的面纱偷偷看了我一眼?

那暗中闪亮的一瞥击中了我,就像一阵微风扫过水面的涟漪,激荡起层层波澜,倏忽地荡漾到隐隐的岸边。

你的目光扑闪在我心上,就像黄昏时一只惊慌的小鸟从一扇打开的窗户飞进来,慌乱地穿过无灯的房间,又从另一扇窗户飞出去了,消失在茫茫的暗夜。

你就像山后隐藏的星辰,我却是大路上一个无关痛痒的行人。

但是你为什么停下来透过你的面纱看了我一眼?当你走在河边的小道上,腰间挎着装得满满的水罐。

评 点

诗人好像很喜欢汲水的女人,在园丁集的许多诗中,都有恒河边汲水的女性形象,她们或静或动,都很动人。嗯,我也很喜欢面纱,当然要是被迫天天都捂着面纱,那自当别论,但是面纱既契合女性的柔美,又平添一份神秘,尤其是女人的眼波,在面纱轻掩的脸上显得格外生动。这首小诗这么妩媚婉转,都是面纱的功劳。

蕾雅:我特别喜欢描写目光的那行诗,惊慌的小鸟在昏暗的房间扑腾着双翅,心里好乱。

我:嗯,我喜欢看人的眼睛,人群中目光的交汇,虽然一闪而过,也是一次邂逅了。

20

日复一日,他来了又走开。

去吧,我的朋友,把我发上的一朵花给他。

若是他问赠花的人是谁,我恳求你不要告诉他我的名字——因为他只是来了又走开。

他独坐在树下的泥地上。

在那里为他摆放一个用鲜花和绿叶装饰的座椅吧,我的朋友。

他的眼神如此忧伤,它把悲伤带到我的心底。

他不肯说出他的心事,他只是来了又走开。

评 点

诗人有什么特别?也许就是这样。

在去黄石公园的89号公路边,一个小伙子背着大大的行囊,他并不要搭车,只是在晨曦中静静地站立。不好意思看他,我开车慢慢地离开,从后视镜里望着他,心想:这是一个有故事的人。

21

  清晨,为什么他偏偏来到我的门前,那年轻的游子?

  每次我进出经过他的身边,我的眼睛总被他的面庞吸引。

  我不知道应该跟他交谈还是保持沉默。为什么他偏偏来到我的门前?

  七月多云的夜晚漆黑一片,秋日的天空是温柔的碧蓝,春日在南风中躁动不安。

  每次他都编唱着新的曲调。

  我不能干活,因为我总是泪眼迷蒙。为什么他偏偏来到我的门前?

评 点

  大一的时候,一次下课去食堂,拥来挤去的都是饥肠辘辘的年青人,现在想起来觉得也很有诗意,呵呵。同宿舍的小姑娘突发娇嗔:"真讨厌,老是碰到他!"真是明媚生动。

22

当她轻快地经过我的身旁,她的裙缘触到了我。

从莫名的心岛突然吹来春天温暖的气息。

这轻触的战栗轻掠过我,转瞬即逝,像扯落的花瓣在微风中飘荡。

它停歇在我的心底,就像她身体的一声轻叹,就像她的心在细语。

评 点

从第19首到22首是一组很轻快的小诗,描写了各式的心动。

志摩也有一首类似的小诗,正好可以放在这里:

　　我是天空里的一片云,

　　偶尔投影在你的波心——

　　你不必惊异,

　　更无须欢喜——

　　在转瞬间消灭了踪影。

你我相逢在黑夜的海上,

你有你的,我有我的,方向;

你记得也好,

最好你忘掉,

在这交会时互放的光亮。

23

为什么你闲坐在那里拨弄得手链叮咚作响?

快装满你的水罐,是回家的时候了。

你为什么悠闲地拨弄着水玩,还不时地去看路上是否来了某人?

快装满你的水罐回家吧。

晨光渐逝——暗水流深。

浪花也在闲戏中嬉笑,低语。

远处的高地上,漂浮的云朵集结在天边。

他们也在闲戏中微笑着打量你的面容。

快装满你的水罐回家吧。

评 点

本来想过要把这首诗也归入到上面"动心"的一组诗里,但仔细看看,毕竟有些不同,倒更应该归入下面几首"倾心"的组诗。

这个小小女子从清晨就等在水边,她故作矜持,装作是要装满她的水罐,但明眸流盼只是想看到那大路上要走来的某人。在泰戈尔的诗中,从来没有无情的自然,看着这个可爱的小姑娘,白云浪花都依依有情,好像倾心的倒不止是她,时光流逝,这湖边路旁、天上地下都笼罩着浓浓温情,整个天地都为她的倾心而倾情。

24

别把你的秘密藏在心间,我的朋友!

告诉我吧,只悄悄地告诉我一个人。

你温柔地微笑着,轻柔地低语,我不用双耳,我的心会倾听。

夜已深,庭院悄悄,就连小鸟的窠巢也掩上了睡意。

来吧,告诉我,带着踌躇的泪水,犹疑的微笑,带着甜蜜的羞惭和痛苦,告诉我你内心的秘密!

评 点

不知道有多少人还记得电影《花样年华》的结尾部分,那个爱的秘密压得他心里难受,他只能找一个树洞,默默地倾诉。这首诗像是那棵大树的话,真是贴心。其实倾心究竟是什么意思呢?一颗心为他装得满满的,也是装满爱的心为了他全都倒了出来,心里又空空的。

25

"到我们这里来吧,年轻人,老实告诉我们,为什么你的眼中充满了疯狂。"

"我不知道我啜饮了什么野罂粟的美酒,使我的眼中充满了疯狂。"

"唉,好不知羞!"

"没错,有人聪明有人傻,有人细心有人粗心。有的眼睛笑,有的眼睛哭——我的眼中却充满了疯狂。"

"年轻人,为什么你一动不动站立在树荫下?"

"我的双足因我的心事太重而倦怠难行,因此我一动不动站立在树荫下。"

"啊,真不害臊!"

"没错,有人径直而行,有人徘徊难进,有人自由自在,有人身陷囹圄——我的双足因我的心事太重而倦怠难行。"

评 点

不知道为什么，总有些人喜欢阻挠爱情，其中最恶心的，是那些打着"道德"旗号的人。倾心为什么会有违道德，禁欲何尝与道德相关？少年时候不能分清天生的羞怯和有违礼制的羞耻，正应该有一个年青人为了倾心仗义执言："没错，你们卫道者多么理直气壮，可是谁也不能指责我为她倾心！"

26

"我只拿走你心甘情愿给我的东西,别的我一无所求。"

"是的,是的,我了解你,谦卑的乞丐,你只要一个人的所有一切。"

"如果只给我一朵残花,我也会把它戴在心间。"

"但如果它有刺呢?"

"我会忍受它们。"

"是的,是的,我了解你,谦卑的乞丐,你只要一个人的所有一切。"

"哪怕你只对我的脸瞥来一次爱怜的眼光,那也会使我的生命甜蜜直至死亡。"

"但如果只是一些残酷的眼光呢?"

"我会让它们刺穿我的胸膛。"

"是的,是的,我了解你,谦卑的乞丐,你只要一个人的所有一切。"

不,我的朋友,无论你说什么,我可不会做一个苦行僧

为什么灯灭了?

伫立在生活的喧嚣与骚动之中,噢,美神,石头雕刻的神祇,
你默默无言,独自一人,绝世而立

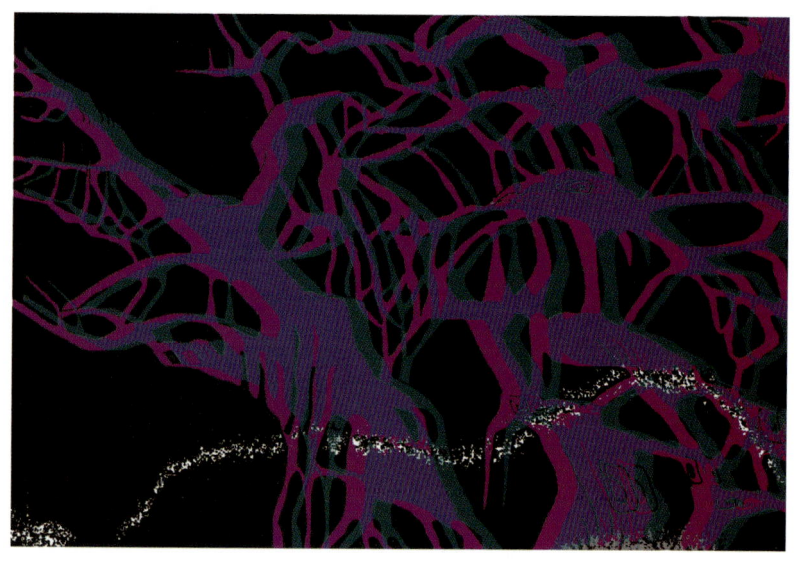

我在大路上灼热的尘埃中消磨了一整天

辛苦劳作数日,我建起了一座庙宇。它没有门窗,只有巨石垒成的厚厚的墙

西乡来的工人和他的妻子正忙着为窑厂挖土烧砖

只要你的明眸一瞥,你就能夺得所有诗人竖琴上弹奏的诗歌的财富,美丽的女人

你是谁,读者,在百年之后读着我的诗

评 点

啊，从动心到倾心，我们终于开始看到两个人的对话了！

诗经中有个"狡童"，想象中正像这样的少年情人，英俊狡黠，偏会猜中人家的心事。

蕾雅：这个小伙子很在意这个姑娘啊，无论她给他什么，是痛苦也好，是荆棘也罢，他都好珍惜，因为这是能让他想起她的东西啊。怎么她好像毫不在意的样子，老是叫他"谦卑的乞丐，"她看不出来他心里很爱她吗？

我：傻姑娘，在爱情中直抒胸臆固然重要，小小的矫情那也是必不可少的。诗中的少女好像吝啬她的礼物，可是却把终身都悄悄托付了。"一个人的所有一切。"

27

"相信爱情,哪怕它带来哀愁。千万不要紧闭你的心扉。"

"噢,不,我的朋友,你的话太过隐晦,我不理解。"

"心总是和着泪和歌被奉献出来,我的爱人。"

"噢,不,我的朋友,你的话太过隐晦,我不理解。"

"欢乐就像露珠一样脆弱,它在欢笑中死去。但是哀愁既持久又顽强,让含愁的爱醒起在你的眼中吧。"

"噢,不,我的朋友,你的话太过隐晦,我不理解。"

"荷花盛放在阳光之下,失去了它的一切。它不可能含苞待放留在永远的冬雾中。"

"噢,不,我的朋友,你的话太过隐晦,我不理解。"

评 点

从什么时候开始,我们懂得了爱情?静静地想一想,可能是那天心中起了无名的忧伤。

28

你疑惑的双眼充满了哀伤。他们想弄清我的意思就像明月想要理解海洋。

我已在你的眼前坦呈我全部的生活，没有一丝隐藏。正因为如此，你不理解我。

如果它是一块宝石，我会把它化为百颗玉珠串起挂在你的项上。

如果它是一朵鲜花，小小的，又圆又香，我会把它采下来簪在你的发间。

但它是一颗心，我的爱人。哪里是它的边际，哪里又是它的底缘？

你不知道这个王国的边界，但你仍然是它的女王。

如果它只是片刻的愉悦，它会以怡人的笑靥绽放，那样你就可以看到它，在那一刻理解它。

如果它只是疼痛，它将融进清澈的泪滴，映射出最深的秘密，勿需言语。

但它是爱，我的爱人。

它的愉悦与痛苦都漫漫无界,它的欲望与财富也无穷无尽。

它就像你的生命一样与你形影不离,可是你永远也不可能完全理解。

评 点

这首诗就像是上一首诗的阐释,正像两个相互倾慕的爱人,却还是要千万次地确认对方的心意。

"你爱我吗?" "我爱你"

"有多爱?" "……"

"为什么爱?" "……"

"爱有多深?" "……"

"会爱多久?" "……"

"……" "……"

爱情是一次发现,发现一个爱人,发现自己,发现一个新的世界,发现心底里最幽微的情感。爱情就像是一副配制精确的眼镜,戴上之后世界就变得清晰了,看到了之前刻意或是无意间忽略的风景。

对话中的一方不依不饶,"你的话太过隐晦,"另一方就一定要赌咒发誓,"我当然爱你""就是爱你""永远爱你""无比爱你",呵呵,但是不够,爱人是天然的诗人,于是有一天,他终于找到了爱的语言——诗。

29

告诉我,我的爱人!告诉我你在唱些什么。

夜已深,星星都躲在云后,风在叶间低叹。

我要散开我的长发,我蓝色的长袍像黑夜一样裹着我。我要把你的头抱在胸前,在甜蜜的孤寂中对你的心呢喃。我要闭上双眼倾听,我不会去看你的容颜。

当你说完,我们就默然凝坐。只有树枝在黑夜中低语。

黑夜渐逝,黎明将至。我们将深深对视,然后继续各自的行程。

告诉我,我的爱人!告诉我你在唱些什么。

评 点

从这首诗开始,渐渐涉及更隐秘的激情。

爱情是相互的,喁喁而对,倾诉衷肠。激情更像是一种个人情绪,它有爱的对象,也可能有激情的回应,但激情本身却只属于一个热情的人,来自他燃烧的心。这是人世最珍贵的珍宝,有的人滥情,有的人冷漠,有人市侩,有人计较,唯真正至情至性之人珍惜激情的可贵。

30

你是一朵晚云，漂浮在我梦境的天空。

我总是用爱的渴望塑造着你，描画着你。

你是我的，我的，是我一个人的无边梦境中的居者。

你的双足被我心热望的烈焰照得绯红，我的落日之歌的搜集者！

你的双唇被我痛苦的烈酒染成又苦又甜。

你是我的，我的，是我一个人的寂寞梦境中的居者。

我用激情的浓影染黑了你的眼睛，徘徊在我凝眼深处的人。

我用我的音乐之网抓住你，缠住你，我的爱人。

你是我的，我的，我一个人的永恒梦境的居者！

评 点

读这首诗有点喘不过气来，深深地为她的激情震慑。是的，我用了"她"，觉得是女性的激情，也许是不对的，也许我只是投射了我的激情在她身上。无论如何，每当想到那些擦肩而过的沉默的人群中有多少人心底里暗含了这样的激情，就觉得人世间霎时就像极光中的苍穹，真是美艳不可方物。

31

我的心是荒野的鸟,在你的眼中找到了它的天空。
它们是晨光的摇篮,它们是星辰的国度。
我的歌迷失在它们的深处。
就让我翱翔在这天空,翱翔在这孤寂的浩瀚之中。
就让我撕开它的层层阴云,让我展翅在它的阳光下。

评 点

"我的心是荒野的鸟,在你的眼中找到了它的天空"。我爱这诗句。爱情并不总是和自由联系在一起的,但若是爱情只带来束缚,那一定不是好的爱情。好的爱情会让心得到自由,还给人勇气为爱人撕开层层阴云。

蕾雅:这首诗太美了!泰戈尔把眼睛描绘成广阔、浩瀚的天空,自由的灵魂可以在其中翱翔,这种自由真是绝对的自由。

32

告诉我这些都是真的吗，我的爱人，告诉我这是真的。

当我的双眼闪亮，你胸中的乌云发出雷鸣般的回应，这是真的吗？

我的双唇就像那初恋的蓓蕾一样香甜，这是真的吗？

那消逝的五月的记忆仍旧流连在我的肢体上，这是真的吗？

大地就像一把竖琴，在我的双足轻触下震颤出歌声，这是真的吗？

夜的双眼看到我会滴下露珠，晨光也因为围绕我的身躯而感到喜悦？这是真的吗？

这是真的，真的吗？你的爱独自穿越时光和世界把我寻觅？

当你终于找到了我，你那亘古的渴望在我的温柔的话语、我的双眼、双唇和如瀑的长发中找到了完全的宁静，这是真的吗？

那么真的，那无限的秘密真的全都写在我纤小的前额上？

告诉我，我的爱人，这些都是真的吗？

评 点

哇,这个人好会说甜言蜜语。如果没有爱情,文学真要黯然失色了。

33

我爱你，亲爱的。请原谅我的爱。

我就像一只被捕获的迷路的小鸟。

当我心震颤抖落了它的面纱，它赤裸裸地暴露在你的面前。亲爱的，请用怜惜将它轻轻掩盖，请原谅我的爱。

如果你不能爱我，亲爱的，请原谅我的痛。

请不要远远地睨视着我。

我会悄悄退回我的角落，坐在黑暗中。

我会用双手遮掩我赤裸的羞惭。

请转过脸去，亲爱的，原谅我的痛苦。

如果你爱我，亲爱的，请原谅我的快乐。

当我的心被幸福的洪流卷走，别笑我危险地由着它去。

当我坐在爱情的宝座上对你颐指气使像一个爱的暴君，当我像女神一样赐给你我的恩典，请忍受我的傲慢，亲爱的，原谅我的快乐。

评 点

在爱的教育中,我们应该知道如何去爱一个人,如何拒绝一个人,如何接受一个人。

因为当我们爱的时候,我们总是谦卑而慌张,真的需要一些怜悯,所以当意外的爱情被奉献在你的面前,"请用怜惜将它轻轻掩盖"。

虽然诗中人是女子,但明明是男人写的诗,如果是女人,她是这样说的:"遇见你我变得很低很低,一直低到尘埃里去,但我的心是欢喜的。并且在那里开出一朵花来。"

蕾雅:我喜欢这首诗的第一句,在那么甜蜜的示爱之后,是深深的歉意。

我:是啊,很奇怪,爱一个人的时候总是对他含着歉意,这是为什么呢?

蕾雅:我猜诗中人是个女孩,她道歉是因为她的行为可能在别人眼中不是很正常。

我:呵呵,也许在爱情中,人真的不会特别"正常。"

34

别走,我的爱人,请不要不辞而别。

我已经守望整夜,现在我的双眼沉沉欲睡。

我担心在我沉睡的时候失去你。

别走,我的爱人,请不要不辞而别。

我会突然惊起,伸手去摸摸你。我问自己:"我是在做梦吗?"

但愿我能用我的心系住你的双足,把他们紧紧抱在胸前!

别走,我的爱人,请不要不辞而别。

评 点

和上首诗一样,这首诗也是有关爱的不安。爱人之间有多少山盟海誓,在外人看来真是多此一举,其实越是爱得甜蜜,越是害怕失去。

35

怕我会一眼看穿你,你和我做着游戏。
为了掩藏你的泪水,你用欢笑的闪光来使我盲目。
我了解,我清楚你的把戏。
你从不肯说出你想说的话语。

怕我不会珍爱你,你千方百计地躲避我。
怕我把别人和你混在一起,你特意站在一边。
我知道,我清楚你的把戏。
你从不肯走你想走的路。

你的要求比别人都多,因此你才默默不语。
装出一副不在意的样子,你不肯接受我的礼物。
我知道,我清楚你的把戏。
你从不肯接受你想要的东西。

评　点

这两首诗像是要探究一下，究竟情人们何以如此不安，为什么山盟海誓在爱情中是必须。

蕾雅：我看这个人好像是自作多情吧，她怎么知道对方不是真的对她毫无兴趣？

我：你怎么区分自作多情和多情？

蕾雅：啊，这是一个问题。

我：你看她多么在意那个人的一举一动，这首诗不是说那人爱她，只是说"我爱你"罢了。

蕾雅：那何必这样曲折？非要说是别人爱她？

我：嗯，我可不知道，也许那人确实爱她啊，爱人的心思只有他们自己知道。

蕾雅：我知道了，所以要山盟海誓嘛，其实，这样猜来猜去才有趣啊。

36

　　他轻轻对我耳语:"我的爱人,请抬起你的眼睛。"
　　我严厉地呵斥他,说:"走开!";但他并没有发火。
　　他站在我的面前握住我的双手。我说:"别碰我!";但他并没有走开。

　　他把脸凑近我的耳边。我瞥了他一眼说:"真不害臊!";但是他并不走开。
　　他的双唇碰到我的面颊。我颤抖起来,说:"你怎么敢?";但是他并不羞惭。

　　他把一朵鲜花簪在我的发上。我说:"这也是没有用的!"但是他站在一旁,不肯离开。
　　他把花环从我的项上取下,离开了。我低声哭泣,扪心自问:"为什么他不回来?"

评 点

蕾雅：哎呀，真的，她的心思好难猜。那他还会回来吗？

我："这个人也许永远不回来了，也许'明天'回来！"

37

亲爱的可人儿,把你用鲜花编织的花环戴在我的项上,好吗?

但是你必须明白,我编织的唯一的花环是为了众人,为了那些擦肩而过的人,那些居住在未知之地的人,或是活在诗人的歌中的人们。

现在要我的心回应你的心已经太晚了。

我的生命曾经像未放的花蕾,所有的馨香都紧藏在它的花芯。

现在它已远远地喷溢四散。

谁能知道把它重新收集再关闭的魔力?

我的心已经不再属于我自己,我不能把它单独给谁,因为它已经被献给众人。

评 点

这首诗放在这里好像有点奇怪,前前后后都是一些爱人间的卿卿我我，独独这首却不写小爱，写上了大爱。

38

我的爱人,很久以前,你的诗人在他的心中酝酿着一部伟大的史诗。

唉,只是可惜,我太大意,它撞上了你叮咚作响的脚铃变得忧伤。

它化作了一首首的小诗散落在你的脚边。

我那些有关古老战争的所有故事,就像一艘货船在欢笑的浪涛中颠簸翻滚,货物都被泪水浸透,沉入海底。

你一定得好好地赔偿我的损失,我的爱人。

如果我死后赢得不朽声名的梦想破碎了,就让我生而不朽。

那样我就不会痛惜我的损失,也不会怪你。

评 点

蕾雅:这个人好赖啊,自己写不出史诗却来怪别人。

我:为了和爱人厮守的幸福,放弃所谓的不朽声名,总算他是明智的。

蕾雅:那也不是,他要是能写出好的爱情诗,怎么就不能胜过那些什么古老战争的史诗?

我:对啊,所以我们还在读它啊。看来只是诗人跟我们开个玩笑罢了,你说,他是不是很赖皮?

39

整个早晨,我想要编织一个花环,可是鲜花总是掉落,他们散在一旁。

你悄悄坐在那里,透过你窥探的眼角打量着我。

去问问那双眼睛吧,偷偷地计划着恶作剧,这到底应该怪谁。

我想唱支歌,但是也不成。

你的双唇轻颤着隐隐的笑意,问问它吧,我为什么唱不好?

就让你微笑的双唇来发一个誓,我的声音为什么终归沉寂,就像一只蜜蜂酣醉在荷花芯里。

夜深了,是花朵们合上花瓣的时候了。

我也有充足的理由来坐在你的身旁,好把我的双唇用在安静的工作上,就着星星微弱的亮光。

评 点

好热烈、沉醉的一吻。

40

　　我跟你说分手的时候，你的眼里闪烁着不相信的笑意。

　　因为我说过太多次要分手的话，你认为我很快就会回心转意。

　　说实话，我心里也有同样的怀疑。

　　因为春天也是去了又来；月亮也是亏了又圆；鲜花年年都会绽放在枝头；我的离开也许只是为了重回你的身边。

　　但是请保持这种感觉，哪怕只是一会儿也好；不要粗鲁地把它略在一旁。

　　当我说要永远离开你的时候，就当它是真的好吗？就让一层泪雾使你黑色的眼眶显得更加深邃，哪怕只是一会儿也好。

　　等我回来的时候，随你笑得多么狡黠也行。

评　点

　　热恋中的情人最戏剧性的幻想不是婚姻，却是分手。想象中的悲伤，多么恳切、多么甜蜜。这些恋爱中的小把戏，估计人人都知道，难为诗人把它们写得这么细致入微，掺杂着恋爱的情绪，体贴爱人的心理，读完这些诗，每个人都重新恋爱了一场。诗人说得对，这是因为他爱众人的缘故，心中没有大爱的人，笔下写不出完美的爱情。

41

我渴望向你倾诉最深情的话语；但是我不敢，因为怕你笑我。

因此我嘲弄自己，把我的秘密用玩笑的方式一点点透露。

我轻视自己的痛苦，因为担心你会这样做。

我渴望向你诉说最真诚的话语；但是我不敢，担心你不相信我。

因此我用假话来伪装自己，说着违心的反话。

我使自己的痛苦显得滑稽，因为担心你会那样做。

我渴望向你诉说最珍贵的话语；但是我不敢，因为担心你不会珍惜我如同我珍惜你。

因此我对你毫不客气，还向你炫耀我冷酷的力量。

我伤害你，因为担心你从不懂得任何痛苦。

我渴望能静静地坐在你的身旁；但是我不敢，因为害怕双唇会吐露我的心事。

因此我东拉西扯、喋喋不休,想把我的心事藏在话语背后。

我粗暴地对待我的痛苦,因为担心你会这样做。

我渴望离开你的身旁;但是我不敢,因为害怕你会看透我的怯懦。

因此我趾高气昂地走到你身边,做出一副满不在乎的样子。

你眼中一贯厌恶的利刺使我的痛苦永远持久如新。

评 点

初看上去好像无行浪子的借口,读到后来也不禁动容,深情如此,也就没有必要为自己辩护了。

42

噢,疯狂的,超级醉鬼;

如果你踢开重门,在大家面前出丑;

如果你一夜倒空囊橐,对谨慎轻蔑地打着响指;

如果你走着奇特的路径,和无益的东西游戏;

既不注意节奏,也不在意理性;

如果你在风暴前扬帆,把你的舵一折两断,

那么我将跟随你,我们志同道合,去喝他个烂醉如泥,堕落到底。

我曾浪费我的时日,整日与那些稳重聪明的邻人为伍。

过多的知识使我华发早生,过多的观察使我明眸不再。

多少年来我收集了太多东西,零零碎碎、星星点点;

把它们摔碎,在它们身上舞蹈,把它们散掷在风中吧。

因为我知道,最高的智慧就是喝他个烂醉如泥,堕落到底。

让所有那些扭曲的顾忌都见鬼去吧,就让我彻彻底底忘乎所以。

就让一阵狂野的任性把我连根拔起。

这个世界多的是正人君子和劳动大军，他们既聪明睿智又对社会有益。

既有人从容地走在前头，也有人得体地随后而至。

幸福繁荣由他们去，我只要做一个无用的傻瓜。

因为我知道，所有德行的下场就是喝他个烂醉如泥，堕落到底。

我此刻誓将一切权利让给正人君子。

我放弃我博学的自尊和对正误的判断。

我要打碎那记忆之瓮，把最后一滴眼泪也倾洒而出。

我要用那莓红的美酒之沫洗净擦亮我的笑声。

现在我要把那文雅正派的标记撕成碎片。

我要庄重地宣誓，作一个无用之人，我就是要喝他个烂醉如泥，堕落到底。

评　点

这的确是酒后的一派胡言，但是多么酣畅淋漓！

悄悄地说一句，要让一个文雅正派的人突然皈依了酒神，不用说，一定是为了爱情。

《园丁集》并不是泰戈尔诗歌创作的巅峰之作,但在这本诗集中,我们已经能看到他在诗歌创作方面进行的各种尝试,许多技巧已经得心应手。作为二十世纪早期的诗人,泰戈尔也是一个处于古典诗歌和现代诗歌转型时期的诗人,因此,他诗中的现代主义元素也特别清晰。这首诗应该是比较典型的尝试之作,对理性的捐弃、酒神狂欢、对秩序和文明的蔑视等等都融入相对古典的诗歌形式之中,丝丝入扣,并无痕迹。但是现代主义不是泰戈尔的选择,如果要说有什么主义,毋宁是东方主义,虽然很多现代诗歌元素融入诗人的创作之中,但是最让诗人醉心的,毕竟还是哺育了他的东方文明,所以要知道泰戈尔诗歌之至美,还是要读《吉檀迦利》。

43

不，我的朋友，无论你说什么，我可不会做一个苦行僧。

如果她不肯和我一同宣誓，我可不会做一个苦行僧。

我下定决心，要是找不到一个阴凉的居所和苦修的伴侣，我才不会做一个苦行僧。

不，我的朋友，我不会离开我的炉火，离开我的家，孤零零地独居在森林。如果没有欢笑环绕在它的四周；如果没有藏红花色的长裙飞舞在风中；如果没有轻柔的细语使它的沉寂变得深沉。

不，朋友，我才不会做一个苦行僧。

评 点

这几首诗带着一种狂野的色调，明明地鄙夷那些"正派"、"得体"，那些虚伪的道学、无益的禁欲。真正的爱情总是能揭示真正的价值所在，可惜纯粹的爱情和勇敢的爱人一样罕见。是真名士自风流，唯大英雄能本色，憨湘云嚼着鹿肉做出的诗句"一样是锦心绣口",喝醉了就枕着芍药沉沉睡去,我猜泰戈尔一定喜欢看《红楼》。

44

尊敬的先生，请饶恕这一对罪人。今日春风卷起了疯狂的漩涡，卷走了尘埃和落叶，您的教诲也和它们一起消失无踪。

神父，请不要说生命只是虚无。

因为我们已和死神签下暂时的协议，在这芬芳的几个小时，我们俩注定会不朽。

就算是国王的大军来袭，猛烈地攻击我们，我们也只是悲哀地摇一摇头，说：兄弟，不要来打扰我们。如果你们一定要玩这种吵闹的游戏，请到别处去敲击你们的武器，因为只有这易逝的一瞬，我们被赋予不朽。

如果是友好的人群来簇拥在我们身边，我们会谦卑地向他们鞠躬，说：我们没有奢望这样的好运，因此只是觉得尴尬而已。在我们居住的无垠的天空，空间已是难觅，因为春日鲜花怒放，忙碌的蜜蜂翅膀和翅膀紧挨在一起。只有我们两个天使的居所，我们两个人的天堂，已经拥挤得没有道理。

评 点

人会死。这简单的事实生发出无限的烦扰,人会思考,所以想用思想来战胜身体。宗教、哲学、文学、科学,人类多么神奇。皓首穷经,有的人依赖知识,读了那么多书,死的时候也许很平静?真心皈依,有的人依赖宗教,做了那么多祈祷,死的时候也许相信会得永生?如果只是普通人,倒不如恋爱,热恋很短暂,却是人世中最接近不朽的体验。哪怕只是一瞬间,凝望着爱人的眼睛,就从死神那里赢得一分。

45

对那些注定要离开的客人，求神帮他们快走，并清除他们所有的足迹。

带着微笑把那些简单、容易、就在近旁的东西揽在胸前吧。

今天是幻影的节日，他们不知道自己的死期。

就让你的笑声像涟漪上的闪光一样只是无意义的欢乐。

让你的生命在时光的边缘轻舞，就像叶尖的一颗露珠。

在你的竖琴上用和弦弹奏出一阵阵短暂的节奏吧。

评　点

死亡触动了诗人的心，他意犹未尽，后面两首诗仍然是关于这同一个主题。

对女人来说，爱情和死亡一样强烈。"女人一旦爱上一个男人，如赐予女人的一杯毒酒，心甘情愿地以一种最美的姿势一饮而尽，一切的心都交了出去，生死度外！"

46

你离开我,走自己的路去了。

我认为我应该哀悼你,用一只金色的歌铸成你孤独的影像,珍藏在我的心中。

但是,唉,我真不幸,时不我待。

青春消逝年复一年;春日如此短暂;脆弱的花朵无故夭亡,先知警告我说生命不过是荷叶上的一滴露珠。

我是否应该忽视这一切,去凝视一个背弃我的姑娘?

那真是无知又愚蠢,因为时日苦短。

那么,来吧,我的雨夜,响着吧嗒吧嗒的脚步声;微笑吧,我的金色的秋天;来吧,无忧无虑的四月,飘散着你的亲吻。

你来了,你,还有你!

我的爱人们,你们知道我们都是凡人。为了一个把她的心带走的人心碎是否明智?因为时日苦短。

一个人静静地坐在角落用诗句书写"你是我的一切",真是甜蜜。

拥抱悲伤,决心不让人安慰,真是勇敢。

但是一张新鲜的面孔透过我的门缝悄悄地窥视,她抬起眼睛望进了我的眼睛。

我不由得擦干了我的眼泪,改变了我的曲调。

毕竟,时日苦短。

评 点

变心,不是一个好写的题目。这首诗看上去在为自己辩护,不知为什么,总觉得不够有力。

其实有什么必要为变心辩护呢?爱就是爱,不爱就是不爱。爱情消失了,在别人的眼中感到了甜蜜,变心就是改变了心意。罗密欧看到朱丽叶,简简单单地说:"我从前的恋爱是假非真,今晚才遇见绝世的佳人!"旋定鸳盟,生死相许。罗密欧在痴恋罗瑟琳的时候何尝知道他会爱上别的姑娘,但是要他见到朱丽叶却还顾念着罗瑟琳那也是不能够的。"金风玉露一相逢,便胜却、人间无数。"炽热的爱情就是这样旁若无人。

蕾雅：我觉得这是一首很温柔的诗啊，诗中人很甜蜜地讲述了他失恋又重新寻找爱情的故事。虽然他很爱那个姑娘，但是生命是有限的，世界上还有很多其他的人，他只是觉得生活应该继续，不论她还是他都应该有爱的生活啊。

我：嗯，你是个善良、纯真的小姑娘，我确信你比我更好地理解了这首诗。

47

如果你愿意,我就不唱。

如果它使你心神不安,我就把眼光从你脸上移开。

如果在路上吓了你一跳,我就让到一边,走别的路。

如果编织花环的时候让你困扰,我会躲开你孤独的花园。

如果这使春水荡漾,我就不在你的岸边划船。

评 点

是的,就算这些全都没有,当真就能阻止爱情?

"人生自是有情痴,此恨不关风与月。"

48

放我自由,我的爱人,从你甜蜜的束缚中,放我自由!别再用亲吻来灌醉我。

这沉沉的熏香的迷雾窒息了我的心。

打开门,让晨光照进来。

我迷失在你的怀抱,被密密匝匝地缠绕在你的爱抚之中。

放我自由吧,我的爱人,从你的魅惑中,放我自由,让我重拾男子气概,再献上我自由的心。

评 点

爱情中的自由,很微妙的题目,如果爱得不深,就不会觉得窒息,可是就算是被爱情窒息,也不会是愉快的死亡。

蕾雅:诗中人好像如此爱他的情人,当他被爱人的种种魅力俘获的时候,他都不能做一个真正的、独立的男人了。太爱一个人真的会迷失自我吗?

我:嗯,有迷失,有找寻,也有发现。我想在爱情中,每个人都会重新发现自我,好的爱人应该更能激发出自我中好的一面吧。

蕾雅：我喜欢他说的那个熏香，真的很浓烈，你闻过吗？

我：我不确定，让你想家了吗？

蕾雅：嗯，是的，也憧憬爱情。

49

我握住她的手把她紧抱在胸前。

我想以她的爱娇来填满我的怀抱,用亲吻掠得她甜美的微笑,用双眼吮吸她深深的凝视。

唉,但是,它们都到哪里去了?谁能从晴空滤出碧蓝?

我想抓住美,它却逃开了,只留下空空的躯壳在我的手中。

迷惑又困倦,我空手而归。

肉体又怎么能触到那只有精神才能触到的花朵呢?

评 点

这几首诗都是有关爱情中的失望。想象中的爱情总是好的,可现实中的爱情总有瑕疵,虽然失望,还是爱着。

50

我的爱，我的心日日夜夜渴望着和你相见——那如同吞噬一切的死亡一样的会面。

它如同风暴一样把我扫开，带走我的一切，洞开我的睡眠，劫夺我的梦境。它夺走了我的世界。

在那大毁灭之中，让我们的精神裸裎相见，在至美中合而为一。

唉，可惜呀，只是我虚妄的渴求！这样的结合除了在你之中何处可求？我的神。

评　点

我：这是赤裸裸的背叛！怎么突然从爱人转向了神！

蕾雅："吞噬一切的死亡"，他在爱情中追求这样的绝对和终极意义，他想望和爱人的相会能改变一切，他们能变作透明，毫无秘密，合二为一，他所追求的决绝难道不是只能得自于神？

我：没错，诗人把爱情逼上了绝路。我恨他。

蕾雅：？

我：他把爱情写到了尽头，我也跟着他一路走来，真是好绝望啊。

51

唱完最后一支歌,我们走吧。

夜过去了,请忘了今夜吧。

我想把谁紧拥在怀里?谁又能抓住梦境?

我渴望的双手只把虚空紧压在心上,它压碎了我的胸膛。

评　点

行到水穷处……

没想到诗人真的要在这本诗集里面穷尽了爱情的可能。这是最后一首,爱的激情全然被耗尽,那些动心、倾心、痴缠的过往全都如过眼云烟,云卷云舒,竟然毫不挂怀了。

52

为什么灯灭了?

我用我的斗篷为它挡风,因此它熄灭了。

为什么花谢了?

因为爱得热切,我把它紧压在胸前,因此花谢了。

小溪为什么干涸了?

我筑了一道坝把水拦起来给我自己用,因此它干涸了。

琴弦为什么绷断了?

我强弹一个它力不能胜的音符,因此琴弦绷断了。

评 点

……坐看云起时。

爱情为什么消逝了?因为爱得太自私,爱得太贪婪,因为爱得太热切……

为了不爱,这么恨自己。

水真有流到穷尽的时候吗?

53

为什么你要用轻蔑的一瞥来羞辱我?

我不是来乞讨的。

我只不过是在你的庭院尽头、树篱外面站立了一个钟头。

为什么你要用轻蔑的一瞥来羞辱我?

我又没有从你的花园摘取一朵玫瑰,我又没有从你的果树摘下一个水果。

我只是谦卑地站在路边的树荫下,随便哪个路人都可以站在那里呀。

我又没有摘取你的一朵玫瑰。

是的,我的双足疲惫,阵雨又落了下来。

狂风在摇摆的竹枝间啸叫。

乌云败退似的飞快地掠过天空。

我的双足都已疲惫。

我不知道你对我的看法,也不知道你在门口等谁。

闪电眩晕了你张望的双眼。

我怎么知道你能看到站在暗处的我?

我不知道你对我的看法。

一日既尽,大雨稍歇。

我离开了你家花园尽头的树荫,离开了草坪上的座位。

天黑了,关上你的大门吧,我也要上路了。

一日既尽。

评　点

甜蜜的爱情已成过往,从这首诗开始,心思变得复杂难辨,遗憾、猜疑、不能给予的喟叹。

"你若曾是江南采莲的女子,我必是你皓腕下错过的那一朵。"

54

　　夜深了，市集都散了，你急急忙忙挎着篮子去哪里？
　　人们都挑着担子回家了；月亮在村头树梢上窥探。
　　呼唤渡船的声音在幽暗的水面回荡，延伸到沼泽的那边，野鸭栖息的地方。
　　市集都散了，你急急忙忙挎着篮子去哪里？
　　睡神把她的纤指拂过地球的眼睛。
　　乌鸦的巢也安静了，竹叶的低语也沉寂了。
　　农人们从田地收工回家，在后院铺开他们的凉席。
　　市集都散了，你急急忙忙挎着篮子去哪里？

　　评　点
　　我依稀地就要听到她的回答："关你什么事儿？谁要你管！"
　　是啊，市集是聚是散，究竟干卿底事？伊人是寒是暖，真的已经毫不挂怀？

55

你走的时候时值正午。

阳光炽热地照着天空。

你走的时候,我已经忙完了我的活计,独自坐在我的阳台。

一阵阵风吹过,带来远方田地的气息。

鸽子在阴凉处不倦地咕咕轻唱,一只迷途的蜜蜂飞进了我的房间,嗡嗡地带来远处田野的消息。

村庄在正午的炎热中小憩。小路上空无人迹。

树叶突然一阵阵地簌簌作响,转瞬又悄无声息。

我盯着天空发呆,用目光把一个我知道的名字编织进天空的蔚蓝,村庄在正午的炎热中小憩。

我忘了编好我的发辫。微风在我的面颊上懒懒地玩弄着我的发梢。

无波的河水沿着浓荫的河岸悄悄流淌。

懒懒的白云纹丝不动。

我忘了编好我的发辫。

你走的时候时值正午。

路上尘土灼热,田野也吐着热气。

鸽子在密叶中咕咕低吟。

你走的时候,我独自在我的阳台。

评 点

自伯之东,首如飞蓬。岂无膏沐?谁适为容。

如果一个人不爱了,另一个会怎么样?

56

　　和许多女人一样，我整日忙着家里的琐事。
　　为什么你偏偏挑中了我，把我带离日常生活的凉荫？

　　隐秘的爱是神圣的，它像宝石一样在心灵深处熠熠生辉，但在白日探究的光照下却可怜黯淡。
　　呵，你打碎了我心的遮盖，把我颤抖的爱硬拽进化日光天，永远毁掉了它筑巢的幽暗角落。

　　别的女人和从前一样。
　　没有人窥看到她们内心的深处，就连她们自己也不知道自己的秘密。
　　她们轻松地微笑、哭泣、闲聊、干活。每天她们到神庙去点燃她们的油灯，去河边汲水。

　　我真希望我的爱能免于无遮盖的颤抖的羞惭，但是你却掉头不顾。

是的,你的前途是远大的,但是你把我的归路切断了,你让我赤裸裸地留在这世界,它用那无睑的巨眼瞪视着我,日日夜夜。

隐秘的爱,也许是禁忌之爱。在读过这么多深深地探入到人心最隐秘的激情深处的诗之后,还是被诗人的大胆和敏锐震撼。

很爱玛格丽特·阿特伍德的这首小诗 *You Fit into Me* ——

You Fit into Me

你插入我

like a hook into an eye

像一只鱼钩插入眼睛。

a fish hook

一只带刺的鱼钩

an open eye

插入睁开的眼睛。

其痛如此。其爱亦然。

57

我摘了你的花,噢,世界!
我把它紧压在胸前,花刺扎伤了我。
天色渐晚,我发现花朵萎谢了,但疼痛还在。

更多的鲜花会带着香气和骄傲向你开放,噢,世界!
但我采花的时间一去不返,黑夜悠悠,我没有玫瑰,只有疼痛还在。

评 点

从这首诗开始,已然没有个人的爱情。

我:这是爱的遗憾吗?玫瑰已逝,疼痛依然。

蕾雅:我认为诗中人渴望着做什么,渴望着影响世界,但是他的愿望未能实现,绝望和忧伤徒留心底,他已经无力改变。

58

一天清晨,在花园里,一个盲人女孩走来给我一串盖在荷叶下的花环。

我把它挂在颈上,泪水充满了我的眼睛。

我亲吻了她,说:"你和花朵一样都看不见。

你不知道你的礼物多么美丽。"

评 点

可能真的是诗人亲历的一件小事,却触动了千万人的心。

59

噢,女人,你不仅是上帝的杰作,也是人工的艺术品;人们用心赋予你美丽。

诗人用想象的金线为你织网;画家使你的形象永远新鲜不朽。

大海献出珍珠,矿石献出黄金,夏日的花园献出花朵来装点你,打扮你,使你更加珍贵。

男人内心的渴望更为你的青春洒上荣耀。

你半是女人,半是梦想。

评　点

蕾雅:泰戈尔很尊重女性,从他认为女人是"上帝的杰作"就能看出来。

我:我同意,在园丁集的许多诗里,诗人都以女性作为诗中人,他了解女人,爱她们,也尊重她们。

蕾雅:我尤其喜欢最后一句,很精彩。人们往往不是自己努力的结果,而是这个世界期望他们的样子。

我：有趣，你是说泰戈尔的这首诗可以作为波伏瓦的注脚？

波伏瓦："一个人不是天生成为女人，而是变成女人的。没有生理的、心理的或经济的命运能够决定人类女性在社会中的形象，是整个文明造就了这一产物，处于男性和阉人之间，它被描绘为女性。"

60

伫立在生活的喧嚣与骚动之中,噢,美神,石头雕刻的神祇,你默默无言,独自一人,绝世而立。

"伟大的时光"依恋地偎依在你的足旁,喃喃低语:

"说话吧,和我说话吧,我的爱;请说吧,我的新娘!"

但是你的话语凝结在石头里,噢,不为所动的美神!

评 点

从上首诗开始,诗人开始变得很非个人化,只是泛泛而论,女人、时间、爱情。

蕾雅:诗人把美比作一尊石像很有意思,石头是很难撼动,又绝不变化的。它和美一样,都是永恒的。

我:我倒是觉得他怎么突然就把女人变得冷冰冰的,好奇怪。

蕾雅:我喜爱诗中时间和美的关系:时光流逝,而美永恒,她从不改变,永远呈现如前。

61

平静下来吧，我的心，就让离别的时刻变为甜蜜。

就当它是完满而不是死亡。

就让爱情融入记忆，让痛苦化为歌。

让穿越天空的飞翔结束在鸟巢上敛回的双翼。

让你双手最后的轻触和夜晚的花朵一样温柔。

噢，完美的结局，悄悄地站立一会儿，就以沉默作为你最后的话语吧。

我会向你鞠躬，并高高举起我的油灯，照着你上路离去。

评 点

分手，难堪的话题。当一段爱情结束的时候，爱的美在哪里呢？"就让爱情融入记忆，让痛苦化为歌，"这当真是完美的结局。

好多韩剧的音乐都做得很好，我特别喜爱长今的爱情主题曲，苍茫凄美，每次响起来的时候都觉得廓大而庄重，是古老东方的神韵：

飘摇曲折的爱情逐渐随风消逝

像星月般沉入山涧

犹如镌刻在晨霜中

纵然美丽，也会逐渐消失

我伫立在宽广的穹苍

遥望大海

我心随着楚江

流往海的深处消失

如果爱情注定要消失，也应该像这样，镌刻在晨霜中，消失在大海的深处，悄悄掩藏。

蕾雅：我喜欢这首诗，因为不论是分手，还是死亡，它都是以一种轻柔的方式。诗中人并不害怕也不焦虑，他对于这样的结局已经准备好了。

62

在梦中迷蒙的小路上，我去寻找前世的爱情。

她的房子坐落在一条破旧的街道尽头。

黄昏的微风中，她的宠物孔雀懒洋洋地坐在栖木之上，鸽子也静悄悄地待在角落。

她把油灯放在门口，站在我的面前。

她抬起大大的眼睛望着我的脸，默默地提问："你还好吗？我的朋友。"

我想要回答，但我们的语言已经迷失，已被遗忘。

我想了又想，可怎么也想不起我们的名字。

泪光闪烁在她的眼中，她向我伸出她的右手。我默默地握着它，痴痴地站立。

我们的油灯在黄昏的微风中闪烁、熄灭了。

评 点

前世的爱情，爱过、分手、离开、遗忘了的爱情。

蕾雅："迷蒙"这个词选得好，记忆和梦境一样，有时候逼真，但总是不确定、不清晰，像在雾中。

我：我喜欢她养的宠物是孔雀，很妖媚，是弗兰纳里·奥康纳的宠物，听说她从孔雀看到基督的美德，我很怀疑的。

蕾雅：我喜欢她养孔雀，因为这美丽的鸟也增加了她的美丽。

我：你是善良的好姑娘，美丽的心灵总能最好地理解诗。

蕾雅：爱情有自己的语言不是吗？如果那种语言被遗忘，他真的就不再能表达他的情意了，是吗？我觉得这首诗是讲这个人回忆起过往的爱情，希望能弥补，但是那失却的爱的语言再也找不回来，爱之灯黯然熄灭，他的希望还是无法实现。

63

行路人,你一定要走吗?

夜深沉,黑暗吞噬了森林。

我们的露台上灯火通明,鲜花清新,年轻的眼睛没有睡意。

是你离开的时候了吗?

行路人,你一定要走吗?

我们没有用渴慕的双臂困住你的双足。

你的房门是开着的。你的骏马也已鞍辔齐备,等候在大门。

我们没有堵住你的去路,只是用我们的歌来挽留。

我们没有拉着你不放,除了用我们依依不舍的眼睛。

行路人,我们没有奢望能留住你,我们只有我们的泪水。

你的眼中燃烧着什么不熄的火焰?

你的血液中流淌着什么躁动的热情?

是什么在黑暗中呼唤着你?

在天空的星相中,你读到了什么可怕的咒语?暗夜沉默而异样地传递到你的心中什么密封的神秘信息?

如果你不喜欢热闹的聚会,如果你必需安静,疲乏的心呵,我们可以灭掉我们的油灯,静默我们的竖琴。

我们可以一动不动地坐在黑暗中,听树叶簌簌作响,疲乏的月亮把苍白的月光洒在你的窗棂。

噢,行路人,究竟是什么不眠的精灵从午夜的深处触到了你?

评 点

费思量,一方苦苦挽留,一方执意要走,真的,"究竟是什么不眠的精灵从午夜的深处触到了你?"

蕾雅:难道是死亡?

我:你这么说很有趣,我们只听到挽留的话语,好像要走的人很沉默,他的心思,有谁知道?

64

我在大路上灼热的尘埃中消磨了一整天。

现在,在黄昏的阴凉中,我来敲小客栈的门。它一片荒凉,破破烂烂。

一棵阴森的菩提树从墙缝中爬伸出饥饿的攥紧的树根。

曾几何时,行路人都到这里清洗他们疲乏的双足。

他们在初升的朦胧的月光下,在院子里展开垫子,他们盘腿而坐,谈论着陌生的土地。

清晨,他们又精神抖擞地工作,小鸟使他们欢愉,路边的小花也友好地冲他们点头。

但我到了这里却没有油灯为我点燃。

只有那被遗忘的夜灯留下的烟渍像盲人的眼睛,从墙上直瞪着我。

萤火虫在干涸的池塘边的灌木丛里闪烁,竹影在杂草丛生的小径上摇曳。

一日既尽，我是无人接待的客人。

在我面前的是漫漫长夜，我累了。

评　点

为什么这个人觉得自己这么可怜，是生不逢时吗？还是受人冷落？

很喜欢皇后乐队的一首歌：

> I work hard every day of my life
> 在我一生，每日辛苦劳作，
> I work till I ache in my bones
> 我干活干得骨头都疼。
> At the end　最后
> I take home my hard earned pay all on my own
> 我拿着可怜的辛苦钱独自回家。
> I get down on my knees
> 我跪倒在地，
> And I start to pray

开始祈祷,
Till the tears run down from my eyes
泪水滚滚,
Lord somebody, ooh somebody
主啊,求你赐给我什么人,噢,赐我一人
(Please) Can anybody find me somebody to love
求你赐我一人,倾心相爱。

也许这真是一首游子不遇的诗,我的朋友羊羊正在想家,她说这首诗是"写一个孤独、无家可归的游子"。我相信她。有爱人的地方,有人爱的地方才是家,"赐我一人,倾心相爱,"才会有家。

65

你又叫我了吗?

夜晚降临。困倦缠绕着我就像爱人渴慕的双臂。

你在叫我吗?

我已将白日全都奉献给了你,冷酷的主人,你一定还要夺走我的夜晚吗?

什么事情都有结束的时候,夜晚的孤独属于每个人自己。

但你的声音一定要穿透那黑暗直击向我吗?

难道在你的门前,夜晚就没有睡眠的音乐吗?

难道那生着缄默双翼的星辰就从未升上你那无情的塔楼的上空?

难道你花园中的花朵就从未萎谢在尘埃中默默地死去?

难道你就一定得叫我吗?你这个不肯安静的。

那么,好吧,就让爱的哀伤的双眸白白地守望、哭泣。

就让那油灯点燃在孤独的房舍。

就让渡船载着疲乏的劳工回家。

我抛开我的梦,匆匆赶赴你的召唤。

评　点

在英文中,Call 是一个多义词,其中比较重要的是"召唤"之意,上帝的召唤。

蕾雅:诗中人好像很想要有自己的时间,独处、独立思考;可是他的爱人老是叫他,搅扰他,当然他只好去应爱人的召唤,放弃自己的想法和梦。

我:嗯,这真是有趣,他一边拼命抱怨,可是又每叫必到,言下之意其实还很担心爱人不叫他。你猜艺术家们是不是都一样,无论上帝什么时候给他灵感,他都必定立刻去应上帝的召唤,嘴里抱怨着"啊,我都不能睡觉!"心里还是喜滋滋的。

蕾雅:神学家们更是如此,乔纳森·爱德华兹要是一天感受不到上帝的召唤,必然惶恐,害怕上帝抛弃了他。

我:嗯,所以人只有在恋爱的时候最接近虔诚。

66

一个游荡的疯子在寻找点金石,他褐色的头发布满尘埃、黯淡无光,他的身体虚弱不堪,他的双唇紧闭,就像他紧闭的心房;他的双眼灼热,就像萤火虫打着灯笼在找寻它的伴侣。

无尽的大海在他面前咆哮。

饶舌的海浪不停地谈论着宝藏,嘲笑无知的人们不懂它的话语。

也许他现在无望再坚持,但是他不肯停歇,因为寻宝已经成了他的生活。

正如大海永远向天空高举着它的手臂,想要触碰那不可能得到的东西——

正如星辰循环运行,却追寻一个永远也不能达到的目标——

尽管如此,在寂寞的海边,头发垢乱的疯子仍然在徘徊着找寻点金石。

一个邻村的男孩走来问他:"告诉我,你在哪里得到你腰间的金链?"

疯子惊呆了——原本是铁的链子已经变成真金;这不是梦,但是他却不知道它是什么时候变的。

他拼命拍打自己的前额——在哪里,噢,究竟是在哪里不察觉的时候他已经成功了?

捡起一块石子点一点链子,然后又把它扔到一旁,根本不去看看链子是否改变,这已经成了习惯;就这样,疯子找到又丢失了点金石。

太阳西沉,天空一片赤金。

疯子沿着自己的脚印去重新找寻丢失的珍宝,但是他已经没有力气,腰背弯弯,他的心如死灰,就像一棵大树被连根拔起。

评 点

金子是好的,点金石更好,这不是一个愚人,他知道他的目标,也清楚它的价值。可究竟是什么地方出了错?竟白白浪费了一生。习惯!好惊悚,太真实的理由。

蕾雅:我觉得这首诗的主题是"找寻"——每个人在一生中都在找寻着什么,不是吗?这个人变得疯狂是因为他找寻得太深,他与自己找寻的目标擦肩而过,最终还是不能成功,这击垮了他。

67

虽然夜晚迁延着来临,让所有的歌声都停歇;
虽然你的伙伴都去休息了,你也很疲惫;
虽然恐惧弥漫在黑暗中,天空也掩上了面纱;
但是,小鸟,呵,我的小鸟,请听我说,不要收敛你的双翼。

那不是森林密叶的阴影,那是蜿蜒的大海,就像一条漆黑的毒蛇。
那不是盛开的茉莉花在舞蹈,那是大海的泡沫在闪耀。
啊,哪里才是那阳光灿烂的绿色海岸,哪里才是你的巢窠?
小鸟,呵,我的小鸟,请听我说,不要收敛你的双翼。

孤寂的夜晚蜿蜒在你的路径,晨曦还沉睡在多影的山峰后面。
天上的星辰也屏住了呼吸,为你计量着时间,苍白的月亮在深沉的暗夜浮泛。
小鸟,呵,我的小鸟,请听我说,不要收敛你的双翼。

你无望即无惧。

没有言辞,没有耳语,没有哭泣。

没有家,也没有休息的床铺。

只有你的双翅和无径的天空。

小鸟,呵,我的小鸟,请听我说,不要收敛你的双翼。

评　点

好坚韧。孤独的小鸟独自对抗黑夜的海洋,这些意象都好后现代。

蕾雅:面对全世界,你只能靠自己。你得自己决定做些什么,要对自己有信心、有希望。

我:你是勇敢的小姑娘,我就觉得很孤单。嗯,thrill,我喜欢这个词,又害怕、又兴奋。人生在世,总要时时常新才对,混迹在熟悉的环境,生活在友好的朋友之间固然好,但精神的锋芒久而久之就黯然无光,禅宗也讲要"体露金风",一个人的精神若要保持健旺,不妨试试像小鸟一样,在深黑的夜晚飞渡重洋。

美国的参议员高华德,提出现代三恶:一、社会保险。二、总雇佣劳动。三、膨胀经济。社会保险是使人的肌体与自然的风霜雨雪隔绝了。总雇佣劳动是使人的生活与广大的文化面隔绝了。膨胀经济是使人与物的素面隔绝了。现代人要从社会的过多保护与庞大机构、与生活上的过多物量解放，并且从过多艺术，过多的理论与经验解放出来，把身体显露于大自然的金风。

文明生于人对于大自然的感。若是浴汤都不能以手试知温度，而必要用寒暑表来量，这就是人体与大自然隔绝，一切建设亦都成为不亲切，不能成为文明的了。从来贫寒之家的子弟多有志气，志气是生在薄衣俭食，肌体对于大自然的星月风露的感激。诗里有花时轻寒，暑气荷风，立秋与冬至，于人体皆感觉得亲，但是现代人住在冷暖气温度调节的室内，先就肌体与时令节气隔绝了。现在的人们也不看月亮。

史上开国之人皆是体露金风。大英雄是贵气喜气他都有，而常不免衣食之忧。他与当代的志士们自然闻风相悦，而亦必定受到小人的侮辱。他是露出在大自然的意志与息里，所以感知历史的气运，会无因由的感知天幸。

树凋叶落时如何？印度佛教的答该是"寂灭为乐"，而禅宗答："体露金风"，那完全是中国的。《旧约》里也有太初洪水退落后方舟里出来的挪亚，他就是树凋叶落时体露金风，而新的世界是如此开始。

68

没人可以永生,兄弟,没有什么可以不朽。记住这点,及时行乐吧。

我们的生活不是一件老包袱,我们的道路也不是一条长长的旅程。

唯一的诗人不一定要吟咏那唯一的老歌。

鲜花萎谢,但戴花人不用为了它久久哀悼。

兄弟,记住这点,及时行乐吧。

要编织完美的乐曲一定要有完整的休止。

生命注定会走向垂暮,沉浸在金色的阴影之中。

爱情必然被从爱的戏剧中唤回,饮下哀伤的苦酒,重生于泪水的天堂。

兄弟,记住这点,及时行乐吧。

我们要快快采集我们的花朵,不然她们就要被那西风吹去。

我们要轻快地攫取亲吻,它让我们血脉喷张,眼睛闪亮,但是如果我们稍一迟延，它们即消逝无踪。

我们的生命热烈，我们的欲望急切，因为时间不停地敲响着别离的钟声。

兄弟，记住这点，及时行乐吧。

我们可没时间紧紧攥着一件事情，迷恋不放，最后才把它弃之尘土。

时光飞逝，把梦想藏在她们的裙裾。

生命苦短，留给爱情的不过只有短短几日。

说到工作和苦役倒是漫漫无期。

兄弟，记住这点，及时行乐吧。

美是多么甜蜜，因为她和我们的生命一样和着飞快的节奏跳舞。

知识多么珍贵，因为我们从没时间把它学完。

一切都在永恒的天堂完成。

但是地球上的虚幻之花却因为死亡而永远新鲜。

兄弟，记住这点，及时行乐吧。

评 点

蕾雅：生命短暂，整个世界展现在你的目前，不要把自己封闭起来，去实现你的梦想，去生活、要幸福！生活就是这样！

我：哇，你真是个乐观的小姑娘。我倒是觉得有种凄凉的勇气，我很喜欢电影《木马计》中阿喀琉斯的哲学，他认为那些希腊的神祇都嫉妒凡人，因为"他们会痛，他们会死"。人生多舛，究竟有什么可贵？因为人会痛，人会死。要懂得这易逝的永恒，在生命中生出无穷的勇气，从生活中得出无尽的乐趣，这些渺小的人类也有自己的尊严。

69

我追寻金色的雄鹿。

你尽可以笑我,我的朋友,但是我追寻那躲避我的幻影。

我翻山越谷,我游遍许多无名的土地,因为我追寻那金色的雄鹿。

你可以去市集购物,再满载着回家,但是不知何时何地,那无家可归的风的咒语击中了我。

我的心中毫无挂虑,我的所有都被我远远抛在身后。

我翻山越谷,我游遍许多无名的土地,因为我追寻那金色的雄鹿。

评 点

听说高更曾经是一个中规中矩的商人,到得后来,"中了那艺术的咒语",抛弃了家庭和工作去塔希提画大奶子女人,最后老死是乡。

在大都会博物馆看到好几幅高更的原作,其实色彩并非亮丽,奶子也不大得出奇,画上的女人质朴温厚,各种热带的生活熨帖而真实,比之巴黎的浮华香艳反倒更沉着。志摩说:"得之,我幸;不得,我命。"总归是要倾尽一切去追寻一次,这样的勇气。

70

我还记得童年的一天，我在水洼漂一只纸船。

那是七月里湿润的一天；我独自一人，高兴地玩着自己的游戏。

我在水洼漂一只纸船。

突然，黑云群集，狂风怒号，大雨倾盆。

一股股泥流冲进了水洼，小溪暴涨，我的小船沉没了。

我恨恨地想，暴雨一定是故意要破坏我的快乐，它的敌意都是针对我的。

今天又是七月漫长的多云天，我回想着一生中失败的游戏。

我抱怨命运故意和我作对，这时我突然想起了沉没在水洼中的纸船。

评 点

我的表弟是一个很乐观的小伙子，每次做事情不成功他都很能自我开解，要么是时机不好，要么是别人对他有偏见，总之没有一次是他自己不对。有一次听到他又为自己辩解，我老妈不禁感叹说:"唉,真是难为你,不是你的错,而是上帝没把这个世界造好,使得事事都与你为难。"

71

一天还没有过完,河岸上的市集还没有结束。

我担心我的时间都白费了,就连最后一分钱也失去了。

但是,不,我的兄弟,我还留下了一点东西呢,命运并没有骗走我的一切。

买卖结束了。

双方银钱收讫,我也该回家了。

但是,看门人,你是要过路费吗?

别担心,我还留着一点东西呢,命运并没有骗走我的一切。

风声稍止预示着风暴,西边低低的雨云蕴藏着不祥。

静默的河水等待着狂风。

黑夜降临之前,我匆匆过河。

噢,船夫,你要收费。

是的,兄弟,我还留下了一点东西呢,命运并没有骗走我的一切。

路边树下坐着一个乞丐。唉,可怜啦,他带着怯意的希望看着我的脸。

他认为我忙了一天,颇有收获。

是的,兄弟,我还留下了一点东西呢,命运并没有骗走我的一切。

夜深了,路寂寂。萤火虫在树叶间闪烁。

谁在鬼鬼祟祟地跟踪我?

啊,我知道了,你想洗劫我的一切。我是不会让你失望的!

因为我还留下了一点东西呢,命运并没有骗走我的一切。

夜半到家,我两手空空。

你带着切望的眼睛,在门前等我,毫无睡意,默默无语。

像一只羞怯的小鸟,你扑向我的怀里,带着浓浓的爱意。

啊,啊,我的上帝,一切都没变。命运并没有骗走我的一切。

评 点

人生确似市集,我们忙忙碌碌、讨价还价、斤斤计较,最终却不免空手而归。有多少人能像他这样幸运,在人生的尽头还有爱人在切望、等待?

72

辛苦劳作数日,我建起了一座庙宇。它没有门窗,只有巨石垒成的厚厚的墙。

我忘记了一切,我躲开了全世界,我陷入了狂喜的冥想,紧盯着我竖立在圣坛上的偶像。

神庙里永远都是夜晚,只有香油点燃的灯照明。

不断的香烟,把我的心缭绕在沉重的螺旋里。

我无眠无休,用迷乱着魔的线条在墙上刻画神奇的形象——带翼的马,人面的花,四肢像蛇一样的女人。

无论是鸟的歌声,叶的细语还是热闹的村庄的嘈杂声都没法透进我的神庙。

在它黑暗的穹顶之下回荡的只有我喃喃念诵的咒语。

我的思想尖锐而静止,就像一朵尖尖的火焰,我的感官迷失在一片狂喜之中。

我不知道时光的流逝,直到霹雳击中了神庙,我觉得一阵钻心的疼痛。

油灯看上去苍白蒙羞;墙上的刻画像被锁住的梦境,无意义地瞪着虚空,好像他们想找个地方躲起来。

我望着神坛上的偶像。我看到它微笑着因为上帝的生之触摸而活了起来。我所禁锢的夜晚展开它的双翅,消失无踪。

评 点

造神、邪教和信仰,其间的区别何其微妙。我尤爱他最后一句,并没有抛弃、污化他的偶像,反而让她在生之信仰中重生了。

蕾雅:我觉得这是个"痴人",他如此热情、专注地建立自己的神庙,上帝用霹雳击中它就是对他的神启,"上帝的触摸",真是好宏大的意象!

73

  无尽的财富不属于你,我坚忍黝黑的尘土母亲!
  你辛苦劳作想填饱孩子们的肚皮,但是食物很少。
  你给我们的欢乐的礼物从不是完美的。
  你为你的孩子们做的玩具是易碎的。
  你不能满足我们的一切渴望,但我能因此而背弃你吗?
  你的微笑虽因疼痛而蒙上了阴影,但在我的眼中却很甜美。
  你的爱,从不知满足,在我心中感到很亲切。
  你的胸怀哺育我们以生命,但不是永生,因此你的眼睛永远警醒。
  长久以来,你用色彩和歌声工作,但你的天堂却未建成,只有它悲哀的投影。
  在你优美的创造物上有泪水的迷雾。
  我要把我的歌流进你无言的心中,把我的爱倾注到你的爱中。
  我要用劳动来崇拜你。
  我见过你温慈的面庞,我爱你忧伤的尘土,大地母亲。

评 点

在环保已经变成一种主义,环保文学已经发展成为一个专门的文学分支的今天,看到这样动人的诗还是一样受到启迪。

蕾雅:我爱这首诗中的母亲情怀,特别真实。为了她哺育的孩子只有珍贵而脆弱的生命,而不是不死而无生命的物质,她的"眼睛永远保持警醒"。真美。

我:是的,这是一首特别隽永的诗,几乎每一行都很耐人寻味,一个字一个字地读过去,嘴里好像酸酸甜甜的,有着母亲的香味。

74

在世界的谒见堂里,一片朴素的草叶也能和阳光、午夜的星辰坐在同一块地毯上。

在世界的中心,我的歌也像这样和云彩、森林的音乐分享着坐席。

但是,你这有钱人,你的财富在太阳的喜悦的金光和沉思的月亮的柔光这样单纯的光彩中没有一席之地。

包容一切的天空也不愿赐福于它。

当死神出现时,它就苍白萎堕,崩坏于尘土。

评 点

唉,财富,莎士比亚说得好:"金子!黄黄的、发光的、宝贵的金子!……这东西,只这一点点儿,就可以使黑的变成白的,丑的变成美的,错的变成对的,卑贱变成尊贵,老人变成少年,懦夫变成勇士。"

我多么希望也能像诗人那样藐视金钱啊。

75

午夜时分,那想要成为苦行僧的人宣布说:

"现在是弃绝我的俗家,追寻神的时候了。啊,究竟是谁在这里用幻象拖延了我这么久?"

神微语:"是我。"但是这人的耳朵被阻塞了。

在床的一旁,平静地睡着他的妻子,怀里抱着一个熟睡的婴儿。

男人说:"是谁愚弄了我这么久?"

那声音又说:"是神。"但他还是没听见。

婴儿在梦中哭闹,紧紧地偎依着他的妈妈。

神命令道:"停下,傻瓜,别离开你的家。"但他还是没听见。

神叹气着抱怨:"为什么我的仆人要把我丢下,而到处去找寻我呢?"

评 点

苦行和禁欲为什么能使人更接近神?估计一个大大的图书馆也放不下那些为之辩解的泱泱大作,但是诗人描绘的图画简单直接,那无辜的婴儿和轻信的妻子,神会不看顾他们吗?想想这首诗写于佛教盛行的印度,不知道诗人会不会受到多方的攻击?

76

庙前的集会正在进行。从清晨就开始下雨,这一天快结束了。

小姑娘的微笑比人群的快活更加灿烂,她用一个大子儿买了一个棕榈叶的口哨。

口哨尖锐欢快的声音漂浮在人群的欢笑和嘈杂声之上。

无尽的人流汇聚在一起。道路泥泞,河水暴涨,不停的大雨淹没了农田。

小男孩的烦恼比人群的烦恼更大,他没有一个大子儿去买一根彩色的小棍儿。

他眼巴巴地盯着商店使整个集市显得多么可怜。

评 点

这首诗像是从《新月集》中偷跑出来的,只是《新月集》中的孩子总是生活在家庭中,而这两首诗中的孩子却在人群中,衬得人情更加复杂,世情愈见亲切。

77

西乡来的工人和他的妻子正忙着为窑厂挖土烧砖。

他们的小女儿在河边卸货的地方帮忙,她要刷洗无数的盘子和罐子。

她的小弟弟跟着她。光光的小脑袋,棕色、裸露的四肢满是泥土,他耐心地站在高岸上等着姐姐,听她的话。

回家的时候,她的头上顶着满满的一个大水罐,左手提着闪亮的铜壶,右手牵着弟弟——她是妈妈的小丫头,繁重的家务使她变得严肃了。

我看见这光溜溜的小男孩伸开双腿坐在地上。

他的姐姐坐在水里,用一把泥土转来转去地擦洗一把水壶。

一只毛茸茸的小羊,在河岸上吃草。

它走到小男孩的身边,突然咩咩大叫起来,小男孩吓得尖声大叫。

他姐姐放下水壶跑上岸来。

她一只手抱起弟弟,一只手抱起小羊,用她的爱抚同时安慰着他俩，人类和动物的后代在慈爱中连接在一起。

评 点

"西乡来的工人"，不知道为什么，觉得这个开头好抒情，含着淡淡的乡愁。有一段时间很有空闲，每天跑到图书馆从同一个地方把沈从文的小说从书架上拿下来，坐在窗边同一个座位上，读不上几行，眼中总是充满了泪水，好像那些好美的中国字直接和心灵交通，只是在路过眼睛的时候，使她流泪。

这光溜溜的小孩、咩咩叫的小羊、严肃的小姐姐，就像恒河的水，自有一种神性，总觉得他们就像金蝉子一样，虽然是认认真真地活在人世，但毕竟他们是神，他们的美温暖着人世，但他们属于永恒之界。

78

那是一个五月。闷热的正午显得无尽的漫长。干燥的土地饥渴地在热气中张大着嘴。

这时我听到河边有个声音叫道:"过来,亲爱的。"

我关上书本,打开窗户向外望。

我看到一头大大的水牛,牛皮上全是泥浆,睁着耐心、平和的大眼睛,站立在河边;一个年轻人站在及膝深的水中,正在叫它去洗澡。

我深觉有趣地微笑了,觉得我的心被甜柔地触动了。

评 点

从情人间动心、倾心、私密甚至禁忌之爱,到人类普泛之大爱;从家人、小孩的亲情之爱到人和动物平等相亲的自然之爱,园丁集中的诗人的确做到了他对女王的承诺,把女王的花园耕耘得繁花似锦、莺莺燕燕,无不自在、无不美丽。

79

我常疑惑在人类和不能言语的动物之间隐藏的界线何在？他们如何识别对方？

在远古创世的清晨，通过哪一条太初乐园的单纯小径，他们的心曾彼此拜访？

虽然他们的亲缘关系久已遗忘，但他们不变的足迹却不能被抹去。

但是突然在某种没有言辞的音乐中，模糊的记忆苏醒了，动物以温柔的信任凝望着人的脸，而人类也以有趣的爱心回望着它。

这就像是两个戴着面具的朋友相遇了，他们透过伪装模糊地认出了对方。

评　点

在哈佛神学院，我选了一门叫"欧洲和美国的世俗化"的课程，大家认认真真地学习了一个学期，到最后一次课的时候，不知道是谁提起了进化论的问题，平素冷静、保持距离的课堂发言有了微妙的变化,每个人都热切地讨论着,直到教授指着时钟把我们赶出了教室。我才知道在美国并不是大部分人都认同进化论,而且就算认同进化论的人也有很多同时认同创世论,认为进化只是上帝创世的一种方式。对大部分人来说,进化论最不能让他们信服的地方是人的精神和感情究竟从何而来,最后又向何处去的问题。

看到动物美丽动人的眼睛,很难想象它们只是在进化的过程中注定要处于劣势的物种,甚或必然走向灭绝。在人和动物的关系问题上,我从来没有读到过比泰戈尔这首诗更激进的观点,这也许和印度宗教中的轮回论有关。

也许前世我也曾是一头大象?

80

只要你的明眸一瞥，你就能夺得所有诗人竖琴上弹奏的诗歌的财富，美丽的女人！

但是你对他们的赞美充耳不闻，因此我来赞美你。

你能让全世界最骄傲的头颅拜倒在你的脚边。

但你崇拜的却是你无名的爱人，因此我崇拜你。

你的完美的双臂的轻触足以让国王般的荣耀增辉。

但你却用它们来清扫灰尘，整洁你简朴的家，因此我对你充满敬意。

评 点

无论别人怎么说，我没有特别喜欢这首诗。读起来好像是应景之作，好像是为了恭维某个女人。就像简·爱对罗切斯特先生说的，他需要的只是一双爱他的眼睛。在爱人的眼里，哪有不美的女人呢？何必要用全世界最骄傲的头颅、国王的荣耀来衡量女人的美丽。至于女人美丽的手臂是用来写诗还是用来扫地，究竟哪个更能让人充满敬意，恐怕我也很难和诗人达成共识了。

81

为什么你在我的耳畔微微低语,噢,死神,我的死神?

夜里,当鲜花萎谢,牛群归栏,你偷偷地潜近我的身边,对我说一些我听不懂的语言。

这就是你求爱的方式吗?用昏昏欲睡的低语和冰冷的亲吻的鸦片来赢得我?噢,死神,我的死神?

我们不会有豪华的婚礼吗?

你不用在你那深褐色的卷发上系上一个花环?

没人在你前面高举着你的大旗?夜晚也不会因你的血红火炬而熊熊燃烧吗?噢,死神,我的死神!

吹响你的法螺,在无眠的夜晚到来吧。

给我穿上深红的斗篷,抓住我的手,把我带走吧。

让你的马车等候在我的门前,让你的马匹不耐烦的声声嘶叫吧。

揭起我的面纱,骄傲地看着我的脸吧,噢,死神,我的死神!

评 点

在诗集尾声的地方，诗人放了两首有关死亡的诗，和《园丁集》的其他诗一样，死神也是以爱人的身份出现的，死亡以婚礼的方式呈现，有些妖异，让人怦然心动。泰戈尔对爱的理解让人折服，是的，死神当然是性感的，从比喻的角度来看，还有什么结合比得上和死神的结合？

82

今晚,我们要玩死亡游戏,我和我的新娘。

夜晚漆黑,空中的云变幻无常,大海巨浪翻滚。

我们离开了我们的梦床,猛地打开了门,走了出去,我和我的新娘。

我们坐在秋千上,狂风从后面猛烈地推送我们。

我的新娘吓得又惊又喜,她颤抖着紧靠在我的胸前。

许多日子以来我温存地服侍她。

我为她铺好一个花床,我关上门不让强烈的光射在她眼上。

我温柔地吻她的唇,在她的耳边喃喃低语,直到她半是慵懒的昏昏沉沉。

她迷失在朦胧的、甜蜜的、无尽的迷雾中。

她对我的爱抚没有反应,我的歌声不能唤醒她。

今夜,风暴的召唤从旷野降临到我们身上。

我的新娘颤抖着站起来,她紧攥着我的手走了出来。

她的秀发在风中飞扬,她的面纱震颤,她的花环在她的胸前沙沙作响。

死亡的推力把她唤回了生活。

我们面对面，心连着心，我和我的新娘。

评　点

暴力和性，这是后现代诗歌里常常出现的主题，在这首诗里，泰戈尔只是做了小小的尝试，并且在诗的最后毕竟还是回到了古典的传统。究竟有多少现代诗人从这首诗中得到了启示，我们不得而知，但是对诗的领域不断探索，对人的灵魂更勇敢地直视，是伟大诗人的共同气质。

83

　　她住在山坡上一块玉米地旁,附近有一股山泉欢笑着流过老树们庄严的树影。女人们到这里装满她们的水罐,旅人们也在这里歇脚谈天。每日,她和着山泉的节奏工作、幻想。

　　一天夜里,从云雾笼罩的山峰走来了一个陌生人,他头上缠结的卷发就像昏睡的群蛇。我们好奇地问:"你是谁?"他不回答,只是坐在欢快的山泉旁,默默地盯着她住的小屋。我们的心害怕地颤抖,天黑的时候就回家去了。

　　第二天清晨,当女人们到雪松边的山泉来汲水的时候,她们发现她的小屋开着门,但是没有她甜美的声音,也不见了她微笑的脸庞。空空的水罐倒在地板上,她的油灯在角落里燃尽了。谁也不知道清晨之前她跑到了什么地方——那陌生人也没有了踪影。

　　五月,阳光渐强,冰雪消融,我们坐在山泉旁哭泣。我们心中疑惑："她去的地方是否也有山泉？在这样炎热焦渴的日子里，她到哪里去装满她的水罐呢？"我们惊惶地相互询问："在我们住的山外还有别的地方吗？"

夏夜，南风阵阵。我坐在她废弃的小屋中，油灯立在原地，没有点燃。突然山峰在我的眼前消失了，就像帘幕被拉到了一旁。"啊，是她来了。你还好吗？我的孩子，你幸福吗？在这无遮无掩的天空下，你有荫凉的地方吗？而且，唉，我们的山泉也不在这里供你解渴。"

"这里也有同样的天空，"她说："只是没有阻挡的山峰——同样的山泉已经聚成了大河——同样的土地开阔形成了平原。""所有的东西都在，"我叹息道："只有我们不在。"她哀伤地微笑道："你们在我心中。"我醒来听到山泉汩汩流淌，雪松在夜里簌簌轻唱。

评 点

泰戈尔反复地写同样的故事：简单生活着的女人因为爱的

勇敢开启了新的生活。不知道为什么，读得多了之后，反而生了一种哀伤，觉得那很可能是愿望没有实现的遗憾。

84

秋云的阴影掠过黄绿相间的稻田,飞逝的日光紧追不舍。

蜜蜂忘了采蜜,沉醉在日光之中,他们呆头呆脑地嗡嗡盘旋。

河中小岛上的鸭群没来由地嘎嘎欢叫。

谁也别回家,兄弟,这个清晨,谁也别工作。

让我们以狂风暴雨之势占领青天,飞奔着抢夺空间。

笑声飘扬在空中就像水沫溅起在激流。

兄弟们,让我们用无意义的歌浪掷我们的清晨吧!

评 点

呵呵,这可真是地方。在翻译又点评了这么些长长短短的诗歌之后,我也想把电脑向天空直抛上去,大叫一声:"兄弟们,让我们用无意义的歌浪掷我们的清晨吧!"春天正孕育在波士顿的空气中,我也要带着儿子去郊外踏青了,和着诗人醉一样的节奏,去生活、去爱、去沉醉。

85

你是谁,读者,在百年之后读着我的诗?

我不能在这富丽的春日送给你一朵鲜花,我不能从遥远的云端送给你一片金影。

打开你的大门,远远地眺望吧。

从你鲜花盛开的花园收集那百年前早已消逝的鲜花的芬芳记忆吧。

在你愉悦的心中,愿你感受那生之喜悦,它在百年前的春日清晨吟唱,把它欢快的歌声传递了百年的时光。

评 点

《园丁集》最早出版于1913年,到2013年正好一百年的时光。

在日暮的哈佛广场,一个印度人把一排洞箫吹得悠悠扬扬,初夏的波士顿好像吹起了印度洋上空咸咸的海风。孩子和老人都怡然地享受着自然和人文之美,我绿色的纱巾在风中轻轻地飘动,甚至没有停留,我只是慢慢走回我租住的寓所。在哈佛,我只是一个过客，可是那也没有什么关系，百年的时光在我敲击键盘的时候悄悄地凝住一刻，记忆的芬芳浓郁而香甜，我没有作别西天云彩的遗憾，虽不能如诗人一般织就如锦的花园，但是这园中的莺莺燕燕、生之喜悦，这传递了百年的爱之歌声在我心间回荡，我所感受的幸福，和其他读者一样，是圆满的。